異世界でチート能力《スキル》を手にした俺は、現実世界をも無双する8
～レベルアップは人生を変えた～

美紅

ファンタジア文庫

3088

口絵・本文イラスト　桑島黎音

異世界でチート能力《スキル》を手にした俺は、現実世界をも無双する8

～レベルアップは人生を変えた～

I got a cheat ability in a different world, and became extraordinary even in the real world.8

Miku illustration:Rein Kuwashima

プロローグ

『王星学園《おうせい》』の理事長である宝城司《ほうじょうつかさ》は、様々な書類に目を通しながら仕事をしていた。

すると、部屋の扉がノックされる。

「入りなさい」

「失礼します」

入室してきたのは司の秘書で、その手には何通かの手紙があった。

「こちら、本日届いた手紙になります。佳澄《かすみ》様からのお便りもありますよ」

「ああ、ありがとう」

司が書類から目を離し、手紙を受け取ると、秘書は眉をひそめながら続けた。

「それと……もう一つお伝えしたいことが」

「ん？」

「こちらを」

「！　これは……」

秘書から手渡された一枚の紙には、新聞の文字が切り貼りされいた。その内容は宝城家に対する脅迫状で、危ない目に遭いたくなければ金を用意しろ、といったものだった。

「またか……今日で何通目だ?」

「十通は超えたかと……」

「最初は悪質ないたずらかと思っていたが……ここまで続くととても見過ごすことはできないな。それに、最近は海外でも不穏な動きが起きている。先日も海外のとある企業の社長が裏社会と繋《つな》がっていたとかで捕まったからな。この脅迫状の送り主も何か大きな組織がバックについているのかもしれない……すまないが、佳織《かおり》を呼んでくれないか?」

「かしこまりました」

司の指示を受けた秘書が退出すると、ほどなくして再び部屋の扉がノックされた。

司が入室を促すと、佳織がやってきた。

「失礼します。お呼びとのことでしたが……」

「うむ……本当はあまり心配をかけたくなかったが、佳織にも知っておいてもらいたくてね」

「?」

「実はここ最近、我が家に脅迫状が届いているんだ。それも一度だけでなく、何度も

「……」

「それは……」

今まで司が佳織を心配させないように秘密にしていたため、初めて脅迫状のことを耳にした佳織は目を見開く。

いくら宝城家が資産家だとはいえ、まさか脅迫状を送ってくるような人間がいるとは思わなかったのだ。

そのうえ、司の言葉から察するに、ただのいたずらというには度を過ぎていることを佳織は感じ取り、気を引き締める。

「その……脅迫状にはなんと？」

「金を要求してきている。それを拒むようなら、我々に危害を加えると書かれているが……正直、これだけの情報ではどこの誰がこんなことをしているのかもまるで予測がつかない」

「そんな……それでは、私はどうすれば？」

「出歩かないのが一番だとは思うが、それも難しいからね。ひとまず佳織には護衛のボディガードを増やすことで様子を見ようかと思う。ただ、それでも出かける際は十分に気を付けるんだ」

「分かりました」

佳織は司の言葉に真剣な表情で頷《うなず》きつつ、優夜《ゆうや》から貰《もら》った【危機回避の指輪】を思い出していた。

あの指輪さえあれば、身の危険を感じた瞬間、あらかじめ設定しておいた安全圏まで、魔法で転移することができるのだ。

もちろん、人前でこの指輪の力が作動すれば、魔法が存在しない地球で大騒ぎになるのは間違いなかったが、それでも命には代えられない。

一番いいのは何事も起こらないことなのだが。

司は一度ため息を吐《つ》くと、今度は雰囲気をやわらげ、改めて口を開く。

「そういえば、佳澄から手紙が来ていたよ」

「え⁉ 佳澄からですか？ ということは……」

「ああ。この夏休み中に帰ってくるようだ」

「そうですか！」

先ほどとは打って変わって明るいニュースに佳織は目を輝かせた。

佳澄は佳織の妹で、母親と一緒に海外で暮らしているため、長期休暇中でないと会う機会がなかった。

「佳澄が帰ってくるということですが、お母様は難しそうですか？」

「そうだね。佳澄の手紙に書いてあったけど、この夏休み中は帰ってこれないみたいだ」

「そうですか……ですが、佳澄が帰ってくるのは楽しみですね！　ただ……一人で帰ってくるのは心配ですね……」

「ああ。こっちがこんな状況だから、佳澄をそれに巻き込む可能性があるのはとても心配だが……あの子は脅迫状になんて負けたくないと言って聞かないからね。少しでも安心できるように、もう一度脅迫状の送り主などを調べてみよう」

　こうして宝城家は不穏な気配を感じながらも、久しぶりの家族との再会を楽しみにするのだった。

＊＊＊

――【天山《てんざん》】。

　そこは、かの超危険区域に指定される【大魔境《だいまきょう》】ほどではないにしろ、強力な魔物の生存競争が繰り広げられる厳しい環境だった。

　しかし【大魔境】と異なり、この【天山】には多種多様な薬草が群生しており、ここでしか採取できない薬草も数多く存在した。

中にはその薬草を口にするだけで膨大な魔力を得ることができたり、失った体の一部を再生させることすらできる効果を持つものまであった。

だからこそ、それらの薬草を求め、危険を顧みず無謀にも挑戦する人間たちが後を絶たなかった。

そんな危険な森の中を、足場の悪さをものともせず、高速で移動する二つの影があった。

《――まったく……こんな日が来るとはな……》

「そうね……」

『蹴聖《しゅうせい》』と『耳聖《じせい》』の二つの『聖《せい》』を冠するウサギは、ぼやくように呟《つぶや》く。

その言葉に『剣聖《けんせい》』イリスは、ソワソワしながら言葉を返した。

《俺たちの代で『邪《じゃ》』との争いが終結してしまうとは……それも、俺たち『聖』の手ではなく、別の者の手によって……ユウヤと出会った当初は見込みのある人間程度だと思っていたが、いや、人生どうなるか分からんものだ》

「ええ……」

しみじみと語るウサギの横で、明らかにウサギの話とは別のことに意識が向いているイリスは、移動の傍《かたわ》ら森の隅々まで目を光らせていた。

「(確か、『惚《ほ》れ薬』を作る上で重要な素材がこの森にあるはずなのよね？　しかも、時期的に今しか採れないっていうし……)」

　そう、イリスはウサギが真剣に話している横で、『惚れ薬』のことについて考えていたのだ。

　何故《なぜ》、そんなもののことを考えているのか。

　それはもちろん、優夜に使うためだった。

《アイツの成長がこれから楽しみだな》

「(ユウヤ君……彼を手に入れるためには、手段なんて選んでられないわ！　この間の料理じゃ心を摑《つか》むまでには至らなかったし……何より『邪』の連中がやられたせいで、修行をする必要もなくなっちゃったから、マッサージの口実が……。アイツ、あれだけ強そうな感じを出してたくせに、何簡単に消えてるの！　『邪』なんだからしっかりしなさいよ！)」

　――――何とも理不尽な怒りだった。

《それにしても、この【天山】は変わらんな……って、おい、イリス？》

「(……まあいいわ。そのための『惚れ薬』だもの。いざというときの最終手段として、昔から色々と調べておいたかいがあったわ。副作用があったり、効果が弱いのは論外だものね。その点、この森で採れる素材で作られた『惚れ薬』は理想の『惚れ薬』らしいじゃない！）」

この異世界には『惚れ薬』と呼ばれる薬が多数存在した。

しかし、そのほとんどが人体に悪影響のあるものだったり、効用が怪しいものだったりと、中々理想とする『惚れ薬』が存在しなかった。

そんな中、今回イリスたちが訪れているこの森に、三年に一度、ある時期にのみ群生する薬草が、何のリスクもなく最大限の効果を発揮する『惚れ薬』の素材の一部として使用されていることをイリスは知っていた。

そのため、ウサギと一緒に『邪』を倒したことを他の生き残った『聖』やその弟子たちに知らせて回ることが決まった際、この森周辺に住んでいる『魔聖《ませい》』から報告に向かうよう、イリスが強く要望したのだ。

ウサギは『惚れ薬』のことを知らないため、はじめこそ訝《いぶか》しんでいたものの、どのみち報告しに行くのには変わらないことから、特に気にしないでいた。

そしてイリスと同じように薬草を探している、腕に自信のある冒険者の姿もちらほら見え、イリスはさらに闘争心を燃やす。

「（何がなんでも私が見つけてみせるわ……！）」

だが……。

「(この時期にしか採取できないんだから、これを逃せば……次はない……!)」

《……イリス。貴様、本当に話を聞いているのか?》

「ちょっと話しかけないでくれる⁉ 今はそれどころじゃないの!」

《聞いてないではないか……》

あまりにもあからさまなイリスの態度に、ウサギはため息を吐《つ》くことしかできなかった。

彼氏が欲しいイリスは強い。

ただし、このままでは『魔聖』への報告どころではないため、ウサギは一度足を止めた。

すると、さすがのイリスもウサギ同様に足を止める。

「ちょっと、どうしたのよ?」

《どうした、ではない。さっきから見ておれん。何かこの森に用事があるならそれを先に済ませろ。鬱陶しい……》

「う、鬱陶しいですって⁉ アンタねぇ、私の大事な将来がかかってるのよ⁉」

《本当に何なのだ、貴様は……》

ウサギは頭痛を抑えるように額に手を当てた。

《……この際何だっていいが、早くしろ。あと少しで『魔聖』の家に着くのだぞ。あんまりふざけた態度だと、ヤツにどんな魔法を撃ち込まれるか分かったものではない。ただで

さえ、信じられないようなことを話しに行くのだからな……》

「うっ……わ、分かってるわよ……」

ウサギの言葉を聞いたイリスは、これから会いに行く『魔聖』のことを思い出し、少し冷静になった。

『魔聖』はこの【天山】に拠点を構え、普段は【天山】に生えている薬草の研究や、魔法の研究をして過ごしている。

イリスとしては『惚れ薬』も大事だが、今から会いに行く『魔聖』があまり冗談の通じる相手ではないこともしっかり理解していたため、気を引き締める。

何せ、そんな冗談が通じない相手に、まるで冗談のような話をしに行かなければならないのだ。どんな対応が待ち受けているか、イリスたちには想像もつかない。

「……やっぱり『魔聖』から報告に行こうって言ったのは間違いだったかしら？」

《どのみち行くことになるだろうが。ならば、早いか遅いかの違いだ。先に面倒事を片付けた方が後が楽だぞ？》

「後が楽も何も、面倒なのは『魔聖』だけだけどね……」

《……言うな》

ウサギとイリスは同時にため息を吐くと、改めて移動を再開するのだった。

第一章　宇宙人襲来

異世界でイリスたちが行動を開始している頃、地球では大パニックが起きていた。

突如、巨大な宇宙船らしきものが、とある家の真上に出現したのだ。

「な、何だあれ⁉」

「ＵＦＯ⁉」

「何かの撮影じゃねぇの？」

「撮影であんなことできないでしょ！」

「ちょっ……動画、動画！」

徐々に人が集まり、さらには警察のヘリコプターまで動き始め、大騒動へと発展していく。

それもそのはずで、宇宙船はその場から立ち去る様子もなく、空に静かに浮かび続けているのだ。

遠巻きにどんどん優夜《ゆうや》の家を囲むように人々が集まってくる。不意に、そのうちの一人が異変に気付いた。

「あ、あれ！」

「ウソだろ⁉」

「スゲー……」

「おいおい、どんどんやって来るぞ⁉」

なんと、優夜の家の真上に浮いている宇宙船の他に、ドラゴンの紋章が掲げられた無数の円盤型の宇宙船が次々とやって来たのだ。

大勢の人が集まり、警察が動き、さらには無数の宇宙船がやって来ているとはつゆ知らず、優夜は――――。

＊＊＊

――俺は今、窮地に立たされていた。

せっかく異世界で『邪』との戦いに決着がつき、ようやくのんびりできるかと思ったところ、突然、地球の家にエイメル星の宇宙人だという女の子……メルルさんがやって来たのだ。

その子が言うには、俺の家に何やら大切な兵器の設計図があるらしい。そして、それに該当するであろう物も何とか把握できた。

ただ、その設計図にどうやらオーマさんが何やらちょっかいを出してしまったみたいで、すごい動揺している。

そもそもなんでそんな物が家にあるんだとか、おじいちゃんはなんて物を収集してたんだとか、色々言いたいことはあるが、ひとまずメルルさんに落ち着いてもらわないと。

そう思い、口を開こうとした瞬間、メルルさんが俺に向けて左手を突き出した。

すると、その左腕に装着されていた端末のようなものが一瞬にしてバラバラになり、何やら機械チックな変形を始め、やがて一つの大砲のような形へと変わった。

見るからにヤバそうな大砲の形に変わった腕を突き出し、メルルさんは真剣な表情で告げる。

〈最終警告です。ただちに設計図を渡しなさい〉

「わ、渡しますから――――」

慌ててメルルさんに答えようとした瞬間、俺の隣で成り行きを見ていたユティが、一瞬にして俺たちから距離をとり、弓を構え、メルルさんへと向けた！

「ゆ、ユティ⁉」

〈……何の真似《まね》でしょうか？〉

「……警戒。コイツ、武器を構えた。つまり、敵」

メルルさんの言葉が分からないユティには、何の理由もなく俺が武器を突き付けられ、脅されているように見えたらしく、今にもメルルさんを射貫《いぬ》かんばかりの殺気を放っている。

『弓聖《きゅうせい》』の弟子だったユティの戦闘力は非情に高く、普通であればその殺気を受けるだけで身が竦《すく》むはずなのだが、メルルさんの表情は涼しいままだった。

〈私も舐《な》められたものですね。そんな原始的な武器で、この私に攻撃しようと――〉

そこまで言いかけた瞬間だった。

突然、俺の家の天井が吹き飛んだ⁉

「お、俺の家が！」

〈あ、あのドラゴンの紋章……もうここがバレたのですか⁉〉

メルルさんは吹き抜けになった天井を睨《にら》み、何やら驚いているが、俺はそれどころではない。

なんせ、俺のおじいちゃんの家がいきなり壊れたのだ。

思わず呆然《ぼうぜん》と空を見上げると、そこには無数の宇宙船が浮かんでいた。

すると、そんなＵＦＯから光が照射され、中から何やら人型の生物が降りてくる。

〈ククク……残念だったなぁ、エイメル星人よ。ここに貴様らの求める設計図があることは分かっている〉

〈ドラゴニア星人……！〉

メルルさんの言葉通りなのであれば、目の前の宙に浮かんでいる人たちは、ドラゴニア星人とやらなのだろう。

特徴的なのは、メルルさんの姿形が完全に俺たち地球人と同じなのに対して、ドラゴニア星人はまるでドラゴンのような角がこめかみ辺りから生えており、身体をよく見ると鱗《うろこ》のようなものも確認できる。

彼らはメルルさんも着ているピチッとした全身タイツのような服の上から、どこか前衛的なデザインの鎧《よろい》を纏《まと》っており、手には槍《やり》らしきものが握られていた。

その槍の先端部分は金属ではなく、光り輝く何やらエネルギーの集合体のような物でできている。

そんなドラゴニア星人は、嘲笑を浮かべた。

〈さあ、大人しく設計図を渡せ〉

〈断ります。あれをあなたたちの手に渡すわけにはいきません……！〉

〈フン……この状況でまだそんなことが言えるのか？〉

〈……しまった⁉〉

ドラゴニア星人の一人が上空に指示を出した瞬間、空に浮いていた宇宙船の一つが爆発し、地上に……つまり、俺の家に降り注いだ。

〈私の船が……！〉

〈クハハハハ！　これで貴様は母星へと帰ることができんぞ？　まあ、大人しく設計図を渡せば、貴様の星まで連れ帰ってやろう。……そのときが貴様の星の最期になるだろうがなぁ！〉

空で高笑いをするドラゴニア星人に対し、メルルさんは強い視線を向けた。

〈絶対にあなた方に渡しはしません……！〉

〈そうか……ならば、力ずくで奪うまでだ……！〉

一人のドラゴニア星人の言葉を皮切りに、次々と俺の家を目掛けて突撃してくるドラゴニア星人たち。

そんなドラゴニア星人を前に、メルルさんは左腕の砲身を構えた。

〈やめなさい！　この星の人々はまったくの無関係なのですよ⁉〉

〈だから何だというのだ？　こんな辺境の星の生物がいくら消えたところで誰も気にも留めんさ〉

メルルさんの左腕にすさまじい勢いでエネルギーが集中していく。そして、ついに巨大なビームがドラゴニア星人たち目掛けて放たれた。

その一撃を受け、ドラゴニア星人の何人かは一瞬にして消滅する。

〈フッ……さすがはエイメル星人。技術力だけはあるようだ。だが、その兵器があと何回使えるかな？〉

〈クッ……！〉

メルルさんとドラゴニア星人の激しい戦いが繰り広げられる中、俺は降ってくる宇宙船の破片で家が燃えないよう、急いで水属性魔法で消火作業をしていく。

すると、ナイトたちもそれに協力してくれる。そして、全員で必死に駆けずり回りながら消火に成功した。

激しい撃ち合いが続く中、ドラゴニア星人は中々メルルさんを倒せないことから、いら立ちを見せる。

〈チッ……面倒だ。いっそのこと、この街ごと消し去ってやる……！〉

〈なっ……正気ですか⁉〉

〈ああ、正気だとも！　我がドラゴニア星の繁栄のために滅びるのだ。これ以上光栄なことはあるまい！〉

〈そんなことはさせません……！〉

　俺たちをおいて、どんどん話が進んでいく中、弓を構えたまま、どこか困惑した様子のユティが近づいてきた。

「……困惑。いきなり空から訳の分からない女がやって来たかと思えば、もっと訳の分からない集団がやって来た。何がどうなってる？」

「……」

「ユウヤ？」

　ユティが声をかけてくるが、俺はそれどころじゃなかった。

「おじいちゃんの家を……この街を滅ぼすだって……？」

「え？」

　俺は困惑するユティをよそに、空で戦いを繰り広げている連中を睨みつけた。

　そして――――。

「――いい加減にしろおおおおおおお！」

〈⁉〉

〈な、何だこの力――――ぐわあああああ⁉〉

俺が『聖王威《せいおうい》』を発動させると、俺の体から黄金の竜のような波動が放たれた。

まるで俺の意思がそのまま反映されているかのように、黄金の竜は次々とドラゴニア星人たちを襲っていく。

ただし、彼らの体が傷ついている様子はなく、黄金の竜に食われた者たちはその瞬間に意識を失ったようだった。

アヴィスの戦いですでに一度『聖王威』を発動していたことから、すさまじい勢いで体力、そして、生命力が削られていくのを感じる。

でも、それだけ許せなかったのだ。

おじいちゃんとの思い出が詰まっているこの家を、よその人がいきなりやって来て荒していく様子が。

そして、何の関係もないこの街の人たちを、簡単に滅ぼすと口にするその姿が！

俺が怒りとともに発動した『聖王威』を見て、我関せずを貫いていたオーマさんが、どこか面白そうにつぶやいた。

『ほう？【聖王】の力を【邪《じゃ》】以外の相手への攻撃としても使えるようになったか……うむうむ』

オーマさんの言う通り、初めて『邪』以外の存在を相手に『聖王威』が発動し、次々と意識を失って、倒れていくドラゴニア星人に対して、まだ意識を失っていないドラゴニア星人たちが逃げ出した。

〈き、聞いてないぞ!?　こんな辺境の星に、こんな力を持った者がいるなんて……！〉

〈すぐに母艦に報告しろッ！〉

〈と、とにかく撤退だああ！　一度態勢を――〉

〈逃がしません！〉

体力の限界に達し、倒れそうになるところをユティに支えてもらっていると、メルルさんが逃げていくドラゴニア星人に向かって砲身を構えた。

そして――。

〈食《く》らいなさい……！〉

今までで一番のエネルギーが左腕の砲身に集束していき、一気に放たれた。

その威力はすさまじく、空のすべてを焼き尽くさんばかりの勢いで、ドラゴニア星人だけでなく、空に浮かんでいた宇宙船もろとも焼いていく。

そしてついには、空に浮かんでいたすべての宇宙船を含め、ドラゴニア星人のすべてが消滅したのだった。

「……よかっ……た……」

気を失いそうになりながら、その様子を見ていると、オーマさんが呆《あき》れた様子で近づいてくる。

『バカ者が……その力を二度使えばどうなるか分かっていただろう』

「だって……あいつらが……この街を……」

朦朧《もうろう》とする意識の中、必死に言葉を紡《つむ》いでいると、オーマさんはため息を吐《つ》いた。

『はぁ……まあ今回は我の失敗でもある。受け取るがいい』

そして、オーマさんが俺に軽く触れた瞬間、何か温かいものが俺の体内に流れ込んでくるのを感じた。

その温かさが心地よく、俺はついに意識を手放す。

『我の生命力を分け与えた。これで先ほど削れた分は問題なくなるだろう。まったく、手のかかる主《あるじ》だ……』

意識を失う直前、オーマさんのそんな声が聞こえるのだった。

＊＊＊

優夜が意識を失った頃、砲身を空に向けていたメルルは、ようやく構えを解いた。

その瞬間、砲身からすさまじい勢いで煙が噴き上がる。

〈……少々無理をしすぎましたか。しばらくの間、バトルモードは使い物になりませんね〉

嘆息しながら武装を解除したメルルは、今度は家の外に集まっていた人間たちに目を向けた。

そこにはいきなり繰り広げられた非現実的な光景に、言葉を失い、または記録に残そうと必死になっている人間たちの姿が。

〈……彼らの記憶から、私や設計図の存在が割れても困りますね。ここは記録を消しておきましょう〉

すると、メルルは先ほどまで砲身に変形していた左腕の端末を操作する。

〈情報改竄《かいざん》は……大丈夫そうですね。では――――〉

メルルが端末を操作した瞬間、その端末から特殊な波動が放出された。

その波動は簡単に人々の脳にまで到達すると、一瞬にして今まで見た記憶のすべてを消していく。

しかも、その波動はメルルの周辺だけに留《とど》まらず、この地球全域に、一つの例外もなく、宇宙船や宇宙人、そして自分のことに関する記録のすべてを消していった。

さらに波動は人間の脳だけでなく、地球上の電子機器にまで影響を及ぼし、すでにネットの海に公開されていたすべての記録が完全に抹消されたのだ。

直接、先ほどの戦闘を見ていた者たちや、拡散された動画などを見ていた者たちは、その記憶が消されたことで一瞬目が虚《うつ》ろになり、目の前の状況やさっきまでの出来事を曖昧にとらえることしかできない。

「あ、あれ……？　俺、何してたんだっけ……？」

「なんかぼーっとする……」

「それよりも、なんで俺たちこんな場所にいるんだ？」

「さ、さあ？」

「ってヤバい！　急がないと遅刻しちゃう！」

皆《みんな》、この場にいることへの疑問を感じながらも、何事もなかったかのように日常へと戻っていく。

本来、記憶が消えたところで疑問が勝ったり、目の前にある無残な姿になった優夜の家を見れば、何かあったことは推測できたはずだ。

だが、その点も含めて、メルルは対策済みだった。

〈ふぅ……情報の改竄、思考の誘導、そしてカモフラージュの展開……どれも間に合いま

したね〉

そう、メルルは情報を抹消すると同時に、人間たちの思考を日常に向かうように誘導し、さらに目の前の出来事を正しく認識できないよう、カモフラージュとなる波動を展開したのだ。

〈さて、早く設計図を回収しないと……討ち漏らしはないとは思いますが、この場所に奴《やつ》らが再びやって来るのも時間の問題でしょう〉

帰りを急ぐメルルは、今度こそ力ずくで設計図を取り返そうかと考える。

〈……本当ならば穏便に渡してもらいたかったですが、こんな所に長居するわけにはいきません。奴らにも見つかってしまいましたし、ここはさっさと回収して帰りましょう〉

もはやドラゴニア星人に場所がばれた今、メルルに時間の余裕はない。ただちに地球から急いでエイメル星へ帰投することを決めた。

だが――――。

『――――調子に乗るなよ？　小娘』

〈なっ⁉〉

突如、メルルにすさまじい圧力が襲い掛かった。

それは目に見えないエネルギーの暴力であり、メルルは耐え切れずに地面まで叩《たた》き落とされると、そのまま膝をつく。

すると、そこにオーマが静かに飛んできた。その後ろには、ナイトとアカツキ、そしてシエルの姿もある。

まったく身動きが取れない状況に、メルルが大量の汗を流していると、オーマは冷たく彼女を見下ろした。

『貴様の求めているものがこの家にあり、ユウヤがそれを渡そうとした以上、そこに何の文句もない。だが、貴様は……自分のやったことが分からんのか？』

〈え……？〉

オーマにそう告げられ、周囲を改めて見渡すメルル。そこには瓦礫《がれき》の山となった優夜の家が広がっていた。

「グルルル……」

「フゴ」

「び？」

オーマの言葉に同調するように、普段温厚なナイトが唸《うな》り声をあげ、アカツキはまるでボクシングのシャドウのように前足を素早く動かし、シエルはドスの利いた声を上げる。

じりじりとにじり寄ってくるナイトたちを前に、メルルは必死に距離をとろうとするが、ついには壁際《かべぎわ》まで追い詰められてしまう。

そんなナイトたちからの圧力も加わったことで、いよいよメルルは何も言えなくなる。

『何、そう怖がるでない。この惨状を引き起こしたのは貴様だ。ならば、やるべきことは分かっておるだろう？』

オーマたちの言葉に、もはやメルルは頷《うなず》くことしかできないのだった。

第二章　それぞれの思惑

メルルとドラゴニア星人が地球で争っている頃、異世界では、先日のアヴィスの襲撃以降ずっとレガル国に残っていたレクシアと神楽坂舞《かぐらざかまい》たちが、レガル国を満喫していた。

「マイ！　早く行きましょう！」

「ま、待ってください、レクシア様！」

舞の手を引き、今すぐにでも駆け出そうとするレクシアを、何とか落ち着かせようとしていると、護衛として付いて来ているルナが嘆息した。

「マイ、諦めろ。レクシアがそうなったら手が付けられん」

「ええ⁉」

「ちょっと、ルナ！　私が猛獣みたいな言い方しないでくれるかしら⁉」

「事実だろう？」

「事実じゃない！」

突然繰り広げられる漫才のようなやり取りに、舞はオロオロするばかりだった。

というのも、舞からすればレクシアは一国の王女であり、本来ならこうして一緒に街中を歩くなんてできるような身分ではないはずなのだ。

「る、ルナさん。私は大丈夫ですから」

「む、そうか？　まあマイがそう言うのであれば……」

「それよりも、マイ！　その口調は何？」

「ええ⁉　な、何か問題がありましたでしょうか……？」

突然口調を指摘されたことで、舞は何か粗相をしたのかと顔を青くする。

だが……。

「問題しかないわ！　私たち、もう友だちでしょう？　それなら、そんな堅苦しい言葉じゃなくて、普通に接してちょうだい！」

「え⁉　い、いや、ですが……！」

「私がいいって言ってるんだからいいの！　分かった⁉　分かったら返事！」

「え、あの、その……」

いくらレクシア本人の要望であるとはいえ、そう簡単に口調を崩すことはできない。何せ相手は王族なのだ。

しかしレクシアは、舞が口調を変えるまでその場を動かないつもりなのか、舞の顔を見つめ続ける。

困惑する舞に対し、ルナが静かに舞の肩に手を置いた。

「マイ、諦めろ。さっきも言ったが、レクシアは一度決めたことはとことん貫き通すぞ。まったく……とんでもない我がまま姫だ」

「なんですって!? ルナ、私は一応王女なんだからね!? 貴女《あなた》はもう少し私に気を遣いなさいよ!」

「そうか? なら、これでよろしいでしょうか、レクシア様?」

「……そんな意地悪しないでちょうだい。いつも通りのルナがいいわ」

ルナの慇懃《いんぎん》な態度に対し、レクシアはつい口を尖《とが》らせた。

そんなレクシアの様子を見て、ルナは苦笑いを浮かべつつ、改めて舞へと視線を向ける。

「こんな王女だからな。もちろん、公の場ではその場に相応《ふさわ》しい言葉遣いや態度が求められるだろうが……少なくとも、そうでない場所では、普通に接しても大丈夫だ」

「は、はあ……」

「もちろん、レクシアだけでなく、私に対してもだぞ。遠慮せずルナと呼んでくれ」

ルナにそう促されるだけでなく、レクシアからも期待の目を向けられ、舞はついに降参した。

「分かり……いや、分かったわよ。これでいい？」

「ええ！　最高よ！」

レクシアは満面の笑みを浮かべると、再び舞の手を引いて動き出す。

「それよりも、早く行きましょう！」

「ちょ、ちょっと待ってよ！　早く行くって言っても……どこに向かってるのか教えて！」

「あら？　言ってなかったかしら？」

「聞いてないわよ……」

「……これがいつも通りのレクシアだからな」

「べ、別にいいじゃない！　たまたま忘れてただけよ！」

レクシアは慌てて咳払《せきばら》いをすると、改めて告げる。

「マイには聖女《せいじょ》としての特別な力があるんだし、冒険者登録でもしてみたらどうかと思ったのよ」

「冒険者？」

「ええ。マイたちの世界には存在しないのかしら？　魔物の退治や人の護衛、植物などの採取と、色々なことをする仕事なんだけど……」

「う、うん。冒険家って職業は聞いたことあるけど、そんな風に、魔物をどうとかってのは初めて聞いたわ。でもそれ、本当に私でもなれるの？」

「もちろん！　それに、マイには特別な力があるでしょう？　もう楽勝よ！」

「ら、楽勝って……」

あまりにも楽観的なレクシアの言葉に、舞は頬を引き攣《つ》らせた。

「まあレクシアの話はともかく、マイが冒険者になるのには賛成だ。『邪《じゃ》』の連中はともかく、邪獣《じゃじゅう》は世界中にたくさんいる。それを倒して回るには、冒険者のような能力が役に立つだろう。何より、魔物との戦闘はいずれ訪れる『邪』との戦闘に役立つはずだ」

「……そうね」

「ただ、大丈夫か？　聖女として召喚されているわけだが、レガル国的に冒険者としての活動などは許されているのか？」

「それが、この国……いえ、こっちの世界の事情で呼ばれたからか、かなり自由にさせてもらっているから大丈夫よ。もちろん、一人だけで動いてたら止められたかもしれないけど、ルナたちもいるし……ひとまず自由にさせてもらってるわ」

「なるほどな。こちらの事情で呼んでいるわけだ、それくらいは当たり前か……」

ルナは舞の言葉に頷いた。

——この時レクシアたちは、まだ『邪』の究極完全態であるアヴィスが、優夜たちによって倒されたことを知らなかった。

だからこそ、未《いま》だにレクシアたちは来るべき『邪』との決戦に備え、着々と準備を進めているのだった。

その来るべき決戦は来ないというのに。

「あったわ！　ここが冒険者ギルドね！」

「ここが……」

「ふむ、雰囲気はアルセリア王国の冒険者ギルドと変わらんな」

目的地である冒険者ギルドにまで来た三人はそれぞれ建物を見上げる。

ただ、ここで立っていても始まらないと、レクシアはすぐに中へと入っていった。

「ちょっ、レクシア⁉　いいの⁉　王女があんな無防備で！」

「言っても聞かんからな。それに、一応身なりは平民と同じようにしているし、あの『邪』や『聖《せい》』でも襲ってこない限り、ここからでも私が護衛できる」

「る、ルナってすごいのね……」

「そうでもないさ。さあ、私たちも入ろう」

ルナたちがギルドの中に入ると、そこは多くの冒険者たちで溢れており、とても賑《にぎ》やかだった。

「へぇ……すごい人ね」

「ああ。だが、ここまで人が多いのも珍しいな……この国特有の現象か？」

ルナが首を捻《ひね》りながら、物珍しそうに周囲を見渡していると、顔を赤く染めて酔っぱらっている男が、ルナに声をかけた。

「おい、嬢ちゃん。ここは初めてかぁ？」

「ああ。ここではこれが普通なのか？」

「いんや？　そうじゃねぇぜ。ただ今は、ここからそう遠くねぇ【天山《てんざん》】って山で、三年に一度しか採取できない貴重な薬草が採れるってんで皆躍起になってんだよ」

「薬草？」

「聞いたことねぇか？　『ハーラ草』ってんだが……」

「――――『ハーラ草』ですって⁉」

「うおう⁉　な、なんだあ⁉」

酔っぱらった男がルナに説明していると、そこにレクシアが目を輝かせながら割り込んできた。

そんなレクシアの反応を見て、ルナはますます首を傾《かし》げる。

「んん？　私は聞いたことがないが……レクシアは知ってるのか？」

「知ってるに決まってるじゃない！　むしろルナは何で知らないのよ！」

「そ、そこまでか」

あまりのレクシアの熱量に、ルナは思わず引いてしまう。

だが、レクシアはそんな様子を気にすることもなく続けた。

「いい？　『ハーラ草』は、何の副作用もない、皆《みんな》が追い求めている理想の『惚《ほ》れ薬』を作る上で必要な素材の一つなのよ！　三年に一度しか採取できないうえに、めったに群生しない、幻の薬草なんだから！」

「ほ、『惚れ薬』だと？」

「そんなものまであるんだ……」

予想外の代物にルナは目を丸くし、舞は改めて、ここが異世界であることを実感する。

「こうしちゃいられないわ！　まさか今の季節が『ハーラ草』を採取できる時期だなんて……！　ルナ、マイ！　いい!?　今すぐ採りに行くわよ！　だからマイは早く冒険者登録してきなさい！」

「ええ!?」

「おい、レクシア。そう簡単に言うが……」

「『惚れ薬』を作るときに失敗してもいいように、できるだけ多く採取しなくちゃ……そしてユウヤ様に飲ませたら……キャー！　熱々の夫婦だなんて、照れるじゃない！」

「……聞いてないな……」

自分の世界に入り込んだレクシアをルナが引き戻そうとした瞬間、呆気《あっけ》に取られていた酔っ払いの男が厭《いや》らしく笑う。

「おいおい、嬢ちゃんたちよ。アンタらだけで挑むつもりか？『ハーラ草』が生えてる【天山】は危険区域にも指定されてるようなヤベェ場所なんだ。嬢ちゃんたちだけじゃ、とても行けないぜ？　でもまあなんだ。ここで会ったのも一つの縁だ。この俺様がいっちょ――――」

「うるさいわね！　用がないならどっか行きなさいよ！」

「えええええ⁉」

バッサリと切り捨てられた酔っ払いの男は、驚くも、レクシアの剣幕に圧倒され、そのまま慌てて引き下がっていった。

「まったく……一体誰なのよ、あの人。私たちの会話に割って入ってきて……」

「い、いや、私たちが話していたところに、お前が割り込んできたんだが……」

「そんなことよりも！　『ハーラ草』を何としても手に入れるわよ！　いいわね⁉」

「ま、待て！　さっきの男も言っていただろう⁉　その『ハーラ草』とやらがある場所は危険区域らしいじゃないか。そんな場所――――」

「【大魔境《だいまきょう》】よりマシでしょう？」

「……………そうだな！」

ルナはヤケクソ気味に叫んだ。

しかし【大魔境】のことを知らない舞は慌てて止める。

「ちょ、ちょっと待って！　危険だって言われた場所にあえて行くの⁉　私も戦闘の経験は積みたいけど、私の力が通じるのは『邪』だけで、魔物との戦闘なんて全然したことないから、そんな場所に行っても私、何の役にも立たないわよ⁉」

「大丈夫だ、マイ。魔物は私が何とかする。それに【大魔境】の環境に比べれば、どこもかしこも天国だぞ」

「一体どんな場所と比べてるのよ⁉」

「まあいいじゃない！　何にせよ、私には『ハーラ草』が必要なんだし、行くことは確定よ！　ユウヤ様と熱々夫婦になるためには、何としても手に入れなきゃいけないんだから！」

「……アイツも大変ね」

レクシアの言葉を聞いて、舞はつい遠い目をしてしまう。

「さ、早く冒険者登録しましょう！　急がないと『ハーラ草』が採りつくされちゃうわ！」

「え!?　あ、ちょっと！」

強引に受付まで引っ張られる舞。

その後、無事、舞は冒険者登録をすることができたのだった。

＊＊＊

「ここが『ハーラ草』のある場所ね！」

「はぁ……はぁ……こいつ、私の苦労も知らずに呑気《のんき》な……」

舞の冒険者登録を終えたレクシアたちは早速、『ハーラ草』が群生しているという【天山】の入り口までやって来ていた。

【天山】に到着するまで、次々と襲い掛かってくる魔物を対処していたルナは、一人疲れ果てていた。その様子を見て、舞は思わず口を開く。

「あ、あの、レクシア？　今日じゃないとダメなの？」

「もちろんよ！　今すぐにでも採取して、ユウヤ様のために『惚れ薬』を作るんだから！」

「いや、アイツのためってよりは、レクシアのためだと思うんだけど……」

ついついぼやいてしまう舞だったが、今のレクシアの耳には届かなかった。

これ以上は何を言っても仕方がないと割り切った舞は、この世界に来て、レガル国から支給された剣を構える。

「ここに着くまでに見てもらったから分かると思うけど、私本当に魔物との戦闘に関してはほとんど素人《しろうと》よ？　この剣だって国から支給されたものだけど、前の世界では剣なんて一度も握ったことがなかったんだから」

「安心しろ……とまでは言わないが、私がある程度は助けられるはずだ。だから、マイは思いっきり戦うといい」

「そこまで言うのなら……お言葉に甘えて、戦闘の訓練をさせてもらうわね」

舞が覚悟を決めたところで、レクシアが堪えきれなくなったため、ついに森の中へと足を踏み入れた。

【大魔境】を経験しているレクシアやルナは、森の雰囲気が【大魔境】に比べて圧倒的に明るく、息苦しさを感じないのに対し、舞は、日本では感じることのなかった圧迫感を感じており、多少の息苦しさを覚えていた。

それはまさにその森に生息する魔物が強いことを表していた。魔物たちの体から漏れ出る魔力の波動によって、舞は息苦しさを感じていたのだ。

それぞれが慎重に森の中を進んでいくと、ルナが静かに告げる。

「止まれ」

「！」

「……魔物だ」

ルナが森の一部を鋭く睨《にら》みつけると、茂みの中から立派な牙を持つ、猪《いのしし》が飛び出した。

「【チャージ・ボア】か！　気を付けろ、C級の魔物だ」

本来なら、舞のように冒険者登録したての初心者が相手にするような魔物ではない。

しかし、この場には暗殺者として名をはせたルナがいるため、危険は少なかった。

チャージ・ボアと呼ばれた魔物は、レクシアたちを見つけるや否《いな》や、助走をつけると、そのまま一気に加速し、突撃してくる。

その攻撃を前に、ルナが鋭く腕を振るうと、チャージ・ボアは何かで体を搦《から》めとられたかのように動きを止めた。

「ブルォ⁉」

「マイ！」

「分かったわ！」

ルナの言葉を受けた舞は、すぐさまチャージ・ボアに駆け寄り、手にしていた剣を振り下ろす。

異世界に召喚された当初は、相手が邪獣《じゃじゅう》のときですら、攻撃することに躊躇《ためら》いがあった。

だが『邪《じゃ》』の被害に遭っている異世界の人々を前に、舞は自分が頑張らなければこの世界の人たちが危険に晒《さら》されると考え、邪獣と戦うことへの嫌悪《けんお》感を押し殺せるようになっていた。

そのような精神面もまた、舞がこの世界に『聖女』として召喚された一つの理由なのかもしれない。

ルナと連携し、舞がチャージ・ボアに攻撃を仕掛けていると、ちゃっかりその横でレクシアも護身用のナイフを手にし、チャージ・ボアに攻撃を仕掛けていた。

「えい！　やあ！」

だが、王女であるレクシアの力は非常にか弱く、まともにダメージを与えているようには見えなかった。

そんなサポートになってるのかさえ分からないレクシアの攻撃も加わりつつ、ついにチヤージ・ボアは倒れ、光の粒子となって消えていった。

「やった！　倒せたわね！」

「え、ええ。何とか……」

「フン。マイはともかく、レクシアは貢献をしたと言っていいのかさえ怪しいがな」

「何ですって⁉」

いつものようにルナがレクシアの言葉にツッコみ、それにレクシアが噛《か》みつくといったやり取りを繰り広げる中、舞は自分の手のひらを見つめていた。

「（やっぱり、武器を使って戦うのには慣れないわね……でも、大丈夫。私が頑張れば、この世界の人たちは救われるんだもの。頑張らなくちゃ……）」

「マイ？」

するとと、舞の異変を察知したレクシアが、心配そうに顔を覗《のぞ》き込んだ。

「え？　あ、大丈夫よ！　それよりも、早くレクシアの探している薬草を見つけましょう？　長引くと、帰りが遅くなるわ」

「あ、そうね！　早く探さないと！」

再び『ハーラ草』を求め、レクシアたちは探索を開始した。

「それにしても、マイとユウヤ様が同じ世界の人だっていうのには驚いたわ！　ユウヤ様って、マイの世界ではどんな感じなの？」

「ええ？　私もあまり知ってるわけじゃ……」

舞が優夜《ゆうや》と会ったのは、優夜が佳織《かおり》たちと肝試しをした神社での出会いだけだった。

「あら、そうなのね。ミステリアスなところもいいじゃない！　そんなユウヤ様を……何としても『惚《ほ》れ薬』で落としてみせるわ！」

探索の傍《かたわ》ら、優夜に対する想いを燃やすレクシア。

「そのためにも、何としても『ハーラ草』を見つけなきゃ！」

だが、レクシアの求める『ハーラ草』が見つかる様子もなく、どんどん時間だけが過ぎていく。

「ちょっとぉ！　見つからないじゃないのよ！」

「そんなことを私に言われても困る。お前が言い出したんだろう？」

「だって欲しいでしょう⁉　『惚れ薬』！」

「お前と一緒にするな！　別にそんなもの――――」

「『惚れ薬』があれば、ユウヤ様とあんなことやこんなこともできるのよ⁉」

「……よし、探すか」

「ルナ⁉」

一瞬で手のひらを返したルナに、舞はツッコんだ。

こうして中々見つからない『ハーラ草』を探していると、ルナがとある気配に気付く。

「なんだ……これは……？」

「どうしたの？」

「すごく強い気配が……っ！　レクシア！」

「へ？」

ルナが感じた強烈な気配がどんどんレクシアに近づいているのを感じ、慌てて声をかけるも、その気配の大元がついにレクシアの前に姿を現した。

「――――あら？　貴女《あなた》たちは……」

「け、『剣聖《けんせい》』様⁉」

ルナの感じ取った強い気配の正体は、何と『剣聖』イリスだった。

しかも、イリスの後ろには『蹴聖《しゅうせい》』であるウサギもいる。

《なんだ？　小娘。貴様もここにいたのか》

「あ、貴方《あなた》はユウヤ様の師匠の……どうしてイリス様とウサギ様がここに？」

レクシアは『ハーラ草』のことも忘れ、驚きながら訊《き》く。するとウサギが一つ頷《うなず》いた。

《ちょうどいい。お前たちにも伝えておかなければならんからな》

「え？」

《特にそこの小娘》

「わ、私ですか⁉」

まさか自分が指名されるとは思っていなかった舞は、驚きの声を上げる。

舞自身、この場に現れた二人のことをよく知らなかったが、レクシアの態度からみて、ただものではないことを感じ取っていた。

そんな人物が、自分に一体何の用だろう……。

舞が不安に思いながらウサギの言葉を待っていると、ウサギは淡々と告げた。

《お前の役目は終わった》

「え？」

《だから、お前の役目は終わったのだ》

「……」

ウサギの言葉の意味が分からず、舞はつい黙ってしまう。

するとその様子を見ていたイリスがため息を吐《つ》いた。

「あのねぇ……それだけで分かるわけないでしょ？」

《知らん。分かれ》

「アンタ、本当に理不尽の塊ね……」

ウサギの様子にため息を吐きながら、イリスは舞に苦笑いを向ける。

「ただ、言葉通りであるのは確かなのよ。貴女は異世界から召喚された聖女なのよね？」

「は、はい。なんでも、この世界に存在する『邪』を倒すために召喚されたと……」

「……その『邪』がもういないのよ。倒されちゃったから」

「え」

「ウソ⁉」

「……何だと？」

舞はイリスの言葉に呆然《ぼうぜん》とし、レクシアたちは信じられないといった様子で目を見開く。

するとすぐに正気に返ったレクシアが、慌てて口を開いた。

「お、お待ちください、イリス様！　倒されたって……あの恐ろしい存在が、倒されたというんですか⁉」

「ええ、そうよ」

舞はアヴィスを見たことがないため、『邪』という存在がいることしか知らなかったが、アヴィスを直接目にし、驚異的な力でイリスやウサギをも圧倒した様子を見ていたレクシアたちはとても信じられなかった。

「い、一体誰が倒したんですか？　まさか、イリス様たちが？」

「さすがイリス様！　それにウサギ様も、ユウヤ様のお師匠様ってだけあって、お強いですもんね！」

「すごい……これが『聖《せい》』って呼ばれる方々の力……」

レクシアのイリスたちを見つめる視線は輝き、舞もまた、この世界に召喚された際に、レガル国王から『聖』という『邪』に対抗する者たちがいることを聞かされていたので、実際にすごい存在だったという事実を噛みしめていた。

だが、そんな反応を向けられたイリスとウサギは顔を見合わせると、苦笑いを浮かべる。

「褒めてもらってるところ悪いんだけど……『邪』を倒したのはユウヤ君なのよ」

「「「へ⁉」」」

「正確には、ユウヤ君の家族だけどね」

イリスの説明を受け、舞はナイトたちのことを詳しく知らないため首を傾《かし》げていたが、ナイトたちのことを知っているレクシアたちはさらに目を見開く。

「あ、あのナイトたちが……いや、それとも創世竜《そうせいりゅう》が手を貸したのか？」

「そうじゃないわ。私とウサギも直接その場面を見てたんだけど……ユウヤ君、青色の鳥をいつの間にか新しい家族にしてて、その子とナイトちゃん、そしてアカツキちゃんの三匹で『邪』を倒してたわ」

「そ、そんなバカな……」

《……本当にバカげた話だ》

あのウサギでさえ、どこか疲れたようにそう語るため、レクシアたちはこのことが真実なのだと実感する。

そして――――。


「さ……さすがユウヤ様だわ！　やっぱり私たちこの世界の人間とは違うのね！」

レクシアはいつも通り、優夜の行動に目を輝かせた。

ただ、舞からすると、地球人がそんなぶっ飛んだことを皆できるなんて思われてはたまったものではないので、慌てて否定する。

「いや、私はアイツほどおかしな存在じゃないからね!? 私を含めて、他の地球人は普通だから!」

「チキュウ?」

《ほう? 何やら面白そうな話だ。続けろ》

すると、優夜がまだ舞と同じ世界の出身者であることを知らないイリスは、首を傾げる。

それどころかウサギも興味深そうに続きを促した。

そんな二人の催促を断ることなどできない舞は、優夜が同じ異世界……地球出身の人間であることと、優夜には地球とこの世界を行ったり来たりする力があることを教えた。

「な、なるほど……彼、この世界の住人じゃなかったのね……」

《だとしても、あそこまでの才能はそう手に入らん。向こうの世界でも、ヤツは普通ではないだろう。違うか?》

「全然普通じゃないです。あれを私たちの世界の基準にしないでくださいね。あいつが基準の世界とか恐ろしすぎるんで」

舞の言葉に納得がいった様子で頷くウサギとは別に、イリスはどこか混乱していた。

「せ、せっかく見つけた私にとっての理想の男性なのに、この世界の人じゃないなんて……いやでも、ユウヤ君はふたつの世界を行ったり来たりできるのよね? でもそれって無限にできるものなの？　それとも有限？　有限だとしたら、最後はどっちの世界に……」

「？　あの……イリス様？」

様子がおかしくなったイリスに、舞が心配そうに声をかけると、イリスは唐突に決意した。

「決めたわ！　今からユウヤ君の家に、話を聞きに行きましょう！」

《は!?》

あまりにも急な決断に、ウサギも思わず声を上げるが、すかさずレクシアも賛同した。

「イリス様！　私も行きます！　私も色々訊《き》きたいことがあったのよ！　ただ、ちょっと今ここで探してるものがあって……」

「ちょ、ちょっと待て、レクシア！　さすがにオーウェンたちがいない状況で【大魔境《だいまきょう》】に行くのは……」

「何言ってるのよ。イリス様たちがいるでしょ？　オーウェンなんていらないわ」

「……確かにそうだな。でもそれ、オーウェンの前で言うなよ……」

あまりにもあっけらかんと答えるレクシアに、ルナは何も言えなくなる。事実、イリスがいれば【大魔境】の奥地でもない限り、安全なのは確実だった。

「それに、ルナも気になるでしょう？　ユウヤ様のこと」

「……まあな」

「なら行きましょう！」

とんとん拍子で話が決まりそうになっていたところで、呆気《あっけ》にとられ、話を聞いていたウサギが慌てて止めに入った。

《ちょっと待て！　イリス、今日の目的を忘れたのか？　それに、お前はここで何かを探してたんじゃ……》

「『魔聖』に『邪《じゃ》』のことを伝える話でしょ？　そんなの後回しよ。どうせ『邪』もいないんだから急ぐ必要もないし、文句がある奴がいるなら私が斬り伏せるわ。それに、目的のものは全部もう手に入ったから大丈夫よ！」

《いつの間に⁉》

「あ、あああああ！　『ハーラ草』！」

イリスの腰の鞄《かばん》から取り出された草を見て、レクシアは声を上げた。

これこそがレクシアの求めていた薬草だったのだ。

そんなレクシアの様子に、イリスはどこか勝ち誇った笑みを浮かべる。

「ふふん。残念だけど、今の時期に採取できるものは、私が全部採取しつくしちゃったわ。

だから諦めなさい」

「ぐぬぬぬ……」

恨めしそうにイリスの手の中にある『ハーラ草』を見つめるレクシア。

ここでごねて、【大魔境】に連れていってもらうことができなくなっても困るため、レクシアはそれ以上文句を言うことができなかった。

そんなレクシアの様子に、さすがにイリスも苦笑いを浮かべながら、ウサギに告げる。

「というわけで、早速ユウヤ君の家に行きましょう！　いいわね？　ウサギ」

《……はぁ。あとでどうなっても俺は手伝わんからな》

そう言いながら、ウサギも優夜のことが気にはなるようで、イリスたちと一緒に、優夜の家へと向かうのだった。

＊＊＊

一方、その頃、一つの巨大な宇宙船が宇宙を漂っていた。

その船はまるで竜のような形をしており、悠々と宇宙を泳いでいく。

この宇宙船こそが、メルルを襲ったドラゴニア星人の母艦だった。その中で、一人のドラゴニア星人が眉をひそめた。

〈……定時連絡の時間だというのに、何故《なぜ》連絡が来ない?〉

『……』

どこか不機嫌そうなそのドラゴニア星人の様子に、他のドラゴニア星人たちは身を硬くする。

他のドラゴニア星人とは異なる豪華な意匠の衣服を身に纏《まと》い、足を組んだまま座るその姿は、まさに王のよう。

彼こそ、ドラゴニア星人を束ねる支配者、ドラコ三世だった。

ドラコ三世は不機嫌さを隠そうともせず、もう一度訊《たず》ねる。

〈余は聞いている。何故、定時連絡がないのかと〉

『……』

しかし、誰もドラコ三世の言葉に答えることができない。

この場には、ドラゴニア星人を代表する歴戦の戦士であり、部隊を率いている隊長たちのみが集められていた。

ドラゴニア星人は元々強力な肉体と卓越した技術力を誇る種族であり、宇宙の中でも屈指の実力を持っている。

そんな彼らが、ただ一人のドラコ三世に怯《おび》えているのだ。

〈この宇宙では、少しの連絡の遅れが死を招く事態につながる。常々、余は気を抜くなと告げていたはずだ。だが……この体たらくはなんだ？　――答えよ〉

その瞬間、すさまじい圧力がその場にいるドラゴニア星人を襲う。

目に見えないプレッシャーは、まさに重力がかかっているように重く、誰もが立ったままでいられず、跪《ひざまず》いた。

〈此度《こたび》の連絡の遅れ、第三部隊直属の小隊であったな？　何故答えぬ〉

ドラコ三世は跪いたドラゴニア星人の一人に視線を向ける。

すると、視線を向けられたドラゴニア星人は首《こうべ》を垂れたまま必死に言葉を紡《つむ》いだ。

〈お、恐れながら、我が主《あるじ》よ。この件に関しましては、我々も状況を把握できておらず……〉

〈分からない？〉

増す圧力。

今にも押しつぶされそうになりながら、第三部隊の隊長であるドラードは、必死に続けた。

〈は、はい。我らも定時連絡の時間に通信がないことを不審に思い、様々な手段で連絡を試みました。しかし、通信に応じないのではなく、そもそも繋《つな》がらないのです。長距離間

における時差も含め、様々なことを想定、検証いたしました。ですが……〉

〈ほぉ？〉

ドラコ三世は椅子にもたれかかると、ドラゴニア星人たちにかけていた圧力を弱めた。

不意に圧力から解放されたことで、ドラゴニア星人たちはドラコ三世に分からないよう、必死に隠しながら、息を整える。

〈つまり、我らがドラゴニアの兵士がやられたと言いたいわけだな？〉

〈……は、はい〉

〈ふむ……では訊くが、その兵士はどこに向かっていたのだ？〉

〈そ、それが……第９８３宇宙の地球、という辺境の星でございます〉

〈地球？　聞かぬ名だな。何故そんな場所へ？〉

〈なんでも、あのエイメル星人が開発した兵器の設計図らしき電磁波をキャッチしたとのことで、そこに向かったようです〉

〈なに？〉

ドラコ三世はドラードの言葉に、眉を上げた。

〈あの忌々《いまいま》しいエイメル星人の殲滅《せんめつ》兵器か。なるほど……それで？　ちゃんと回収できたのだろうな？〉

〈い、いえ……その……そこから連絡が途絶えまして……〉

〈何だと？〉

ドラコ三世は再び不愉快そうに顔を歪《ゆが》める。

また強烈なプレッシャーを浴びせられるのかと身を硬くするドラゴニア星人たちだったが、ドラコ三世は不機嫌そうに鼻を鳴らすだけにとどめた。

〈そのような辺境の星に、我らに対抗できる存在がいる、と……〉

〈あ、あくまで可能性の話でございます。我らドラゴニアの兵より優れた者など……〉

〈可能性はそう簡単に切り捨てるものではない。よいか？　我らが最強の存在であり続けるためには、どんな小さな可能性も見逃してはならぬ。油断はするな〉

〈は、はい。肝に銘じておきます……〉

〈では、そんな貴様に命じよう。その地球とやらに赴き、消えた部隊の痕跡を探すのだ〉

〈ハッ！〉

深く頭を下げ、命令を受けるドラードを見て、満足げにドラコ三世は頷《うなず》く。

〈うむ。……ああ、そうだ。もしその星が多少なりとも利用できそうであれば、その地球とやらは征服しても構わぬ。その際は、復興などに手間が取られても面倒だからな。攻撃で星を破壊しすぎぬようにな〉

〈かしこまりました〉

ドラードはすぐに引き下がり、その場をあとにすると、部下を呼び寄せた。

〈隊長！　準備、整っております！〉

〈そうか。すぐに出発するぞ。王から許可が出た。久しぶりの侵略だ。腕が鳴る〉

ドラコ三世の前では震えるだけのドラードだったが、宇宙屈指の実力者であることに変わりはなく、獰猛《どうもう》な笑みを浮かべた。

それに釣られ、部下たちも笑みを浮かべる。

――優夜たちの知らない場所で、新たな存在が動き始めるのだった。

第三章　オーマの願い

「ん……うん？」

「起床。ユウヤ、大丈夫？」

「ユティ……？」

「わふ」

「ぶひ？」

「ぴぃ」

目を覚ますと、ユティが俺の顔を覗《のぞ》き込んでいた。そんなユティの近くには、ナイトたちもいる。っていうか、俺、寝てたのか……？

よく状況が呑《の》み込めないまま、起き上がろうとするが、体に力が入らない。

すると、ナイトたちと同じように俺の近くで寝ていたオーマさんが片目を開く。

『無理をするな。【聖王威《せいおうい》】で消費した生命力は元に戻ったが、体力は消費したままだ。しばらく休んでいるがいい』

「オーマさん？　『聖王威』って……」

そこまで言いかけ、何が起こっていたのか思い出した！

「そ、そうだ、家……が……？」

俺は周囲を見渡すが、そこは何の変わりもない、いつもの家……おじいちゃんとの思い出が詰まった、大切な家の中だった。

「あ、あれ？　確か、家の天井が……」

メルルさんとドラゴニア星人たちが激しく戦った影響で、家の天井が吹き飛んだりと散々な目に遭ったはずだったが、そんな様子は特にない。

『家のことであれば安心しろ。そこの小娘に直させた』

「小娘？」

思わず訊き返すと、オーマさんが顔である場所を指し示す。

そこには、部屋の隅の方で正座をしているメルルさんがいた。

「め、メルルさん？」

〈……大変申し訳ありませんでした〉

メルルさんはゆっくりと床に手をつくと、そのまま深々と頭を下げた。それはいわゆる土下座の形で――――土下座⁉

「メルルさん⁉」

突然の土下座に俺が慌てると、メルルさんはその体勢のまま続ける。

〈私の目的を急ぐばかりに、貴方《あなた》の大切なものを傷つけてしまいました。申し訳ありません。お詫《わ》びといってはなんですが、私の持っているナノマシンを使いまして、完璧に復元させていただきました〉

「ナノマシン⁉」

俺はただ、メルルさんの言葉に驚きっぱなしだった。な、ナノマシンってそんなこともできるのか……。

「そういえばアイツらは⁉」

『奴らなら撤退した。だから安心するといい』

「そ、そうですか……って、顔を上げてください！　元に戻していただいたのなら、もう気にしてませんから！」

〈……ありがとうございます……〉

俺の言葉を受け、メルルさんはようやく顔を上げてくれた。起き抜けに心臓に悪い。というより、宇宙にも土下座って概念があったんだね……。

ひとまずメルルさんが顔を上げてくれたことで一息ついた俺だったが、まだ自分が名乗っていないことを思い出した。

「そうだ、まだ俺の名前を言ってませんでしたね。俺は天上優夜《てんじょうゆうや》って言います。こっちは俺の家族のナイトとアカツキ、シエルにオーマさん、そしてユティです」

「わふ」

「ふご」

「ぴ」

『フン』

「？　挨拶？」

ナイト、アカツキ、シエル、オーマさんの四人は俺とメルルさんの会話の内容を理解できているみたいだが、ユティはメルルさんの言葉が分からない。そんなユティも、俺が指し示したことで、自分が紹介されていると雰囲気で察したらしく、頭を下げた。

すると、メルルさんは俺やユティには普通に頭を下げたものの、ナイトたちを見たときに何故《なぜ》かビクッと体を竦《すく》ませていた。何かあったんだろうか？

少し反応が気になるものの、俺はメルルさんの本来の目的である設計図について話すことにした。

「そ、それで、設計図でしたよね？　お渡しするのは特に問題ありませんし、すぐに用意しますね」

〈それはありがたいのですが……設計図をいただいたところで、エイメル星に帰れなくなってしまったのです〉

「え？」

まさかの発言に俺は固まる。

〈奴ら……ドラゴニア星人の攻撃により、私の乗ってきた宇宙船が破壊されてしまいました。外装などは私の持っているナノマシンで修復ができるのですが、エンジンが破壊された際、機体に搭載されていた燃料エネルギーのすべてが流れ出し、消えてしまったのです。なので……設計図を持ち帰る手段がない状態でして……〉

「そ、そんな……仲間の方に連絡は？」

そう訊《き》くと、メルルさんは力なく首を振る。

〈……先ほどの戦闘で、この装置を酷使しすぎました。この星一つの情報操作をする程度なら造作もないのですが、宇宙間を越えての通信はできなくなってしまいました……〉

この星一つの情報操作は造作もないの⁉　宇宙の技術ってすごいね⁉

「じゃ、じゃあどうするんですか？」

〈この地球に、動力として使えるエネルギー、いわゆる魔力が存在しているか調査してみ

たのですが……この星は宇宙では珍しい魔力が存在しない星でして、本格的に困っているのです……〉

「魔力？　魔力があれば帰れるんですか？」

それなら……俺には、異世界でレベルアップしたことと、賢者さんから受け継いだ魔力回路のおかげで、魔力はたくさんある。

〈エネルギーとなる魔力だけがあってもダメなのです。魔力を貯蓄しておくための装置が必要でして……。ですが、魔力を定着させることのできる物質が、この地球には存在しないのです〉

どうやらそう簡単にはいかないらしい。

とはいえ、このまま何もできないというのは、メルルさんにとっても困るだろう。

お互いに頭を悩ませていると、興味なさそうに寝ていたオーマさんが欠伸《あくび》をしながら口を開いた。

『ふわぁ……何を悩んでおるのだ？』

「え？」

『地球にないのであれば、あの世界に取りに行けばいいではないか』

「あ！」

〈あの世界？〉

メルルさんは何のことだか分かっていないようだが……確かにオーマさんの言う通り、この世界にないのなら、異世界で探せばいいのだ。

そういえば、【魔石】って魔力の塊っぽいもんな。

そうと決まれば早い方がいいということで、メルルさんを【異世界への扉】のある物置部屋まで案内する。

すると、物置部屋に近づくにつれて、メルルさんは冷や汗を流しながら腕に装着している端末を見つめていた。

〈な、何ですか、この力場は……！　どう考えても一個人……いや、一つの惑星どころか一つの宇宙が放っていい力の量を越えてますよ⁉〉

「は、はあ……そう言われましても……でも、ここにメルルさんの設計図もありますよ？」

〈なんてところに置いてるんですか⁉〉

そんなにヤバいんだろうか、この部屋。

俺には雰囲気のある場所だなぁというくらいの認識でしかないのだが……。

しかし、そう感じるのは俺だけのようで、オーマさんでさえ頷《うなず》いていた。

『これだけ力が渦巻く場所を前にしてその態度は鈍いを通り越して大物だぞ、ユウヤ』

「そ、そうなんですね」

でもここにあるものは全部おじいちゃんが集めたものだし、ぴんとこない。だっておじいちゃんは異世界なんて行ったことないだろうから、俺と違って普通の人だっただろうし。

でも、せっかく倉庫に来たので、ついでにメルルさんの目的物であろう、立方体の物体を渡した。

「たぶん、これがメルルさんの言っていた設計図ですよね？」

〈……本当にこんなとんでもない場所に保管されていたんですね。しかもそんな雑に……どうりで詳細な場所の特定ができなかったわけです。これだけ圧倒的な力場の中に置かれていれば、私たちの兵器なんて霞《かす》んでしまいますよ〉

「ええ？　そ、その設計図って星を破壊できるんですよね？　それ以上の力がこんなただの家にあるわけないじゃないですか」

〈……この部屋に渦巻く力をエネルギー換算すると、軽く数万の宇宙が消し飛びますよ〉

「ウソでしょ⁉」

俺は途端にこの部屋が恐ろしくなった。そ、そんなヤバい部屋だったの⁉　い、いや、そんなバカな。今まで特に何ともなかったわけだし、メルルさんの気のせいだ。そうに違いない。いや、そういうことにした。はい、この話終わり！

気を紛らわせるように倉庫の奥へと進み、扉の前までやって来る。

「これが、異世界へと続く扉です」

〈……そんな。材質、動力源、共に不明……ダークマターとも違う……こんな訳の分からないものが存在するなんて……〉

散々な言われようだが、俺からするとメルルさんの持っている端末も十分訳が分からないのでお相子だろう。

扉を開け、向こうの世界へと移動すると、メルルさんはさらに目を見開いた。

〈空間の……いや、世界間の移動⁉　しかも、何ですか、この魔力の豊富さは……！〉

「え、えっと……この世界にならたぶんメルルさんの求めるものがあると思うんですけど……」

〈……そうですね。ここまで魔力を強く感じ取れる環境であれば、可能性は十分に高いでしょう。何か思い当たるものはあったりしますか？〉

「えっと、この世界にいる魔物を倒した時に手に入る魔石なんかがまさに魔力の塊だと思うんですが……どうですか？」

そう言いながら、俺はアイテムボックスから魔石を一つ取り出した。何の魔物から手に入れたのかすっかり忘れてしまったが、Ｓ級の魔石なので、もしかしたらこれ一つで事足りる可能性すらある。

今までは魔石の使い道なんて分からなかったから、扉の機能で換金していたけど、一応何種類かはとってあったのだ。

俺から魔石を受け取ったメルルさんは、端末を操作しつつ、何かを調べ始める。

〈……確かに、こちらの素材には魔力が含まれているようですが、燃料として使うには全然足りないですね……〉

「え、それじゃ足りないんですか⁉」

〈全然足りません……。貴方の話を聞く限り、こちらは一生命体から手に入るものですよね？　ただの一生命体が持つエネルギーだけで宇宙を移動できるはずもなく……〉

「そ、それもそうですね」

言われてみればその通りかもしれない。よく分からないけど。

しかし、Ｓ級の魔石以上に魔力が込められているものを俺は持っていない。

前にウサギ師匠の話の中で、ＳＳ級やＳＳＳ級、ＥＸ級、そしてＬ級なんて呼ばれる魔物が存在することは聞いていたが、戦ったことはないのだ。

今の俺であれば、ＳＳ級くらいなら倒せるかもしれないが……【大魔境《だいまきょう》】の奥地の方はアヴィスのせいで消し飛んでしまったので、そんな魔物がいるのかさえ分からない。そういえば『邪《じゃ》』はL級だってウサギ師匠は言ってたけど、アヴィスはその『邪』の究極完全態なわけだし……何級になるんだろうな？

せっかく解決の糸口が見えたと思ったら、また問題が出てしまった。

しかし、この世界に行くことを提示したオーマさんは特に気にした様子もなく告げる。

『なんだ、ユウヤの魔石では足りんか？　ならば、アレを取りに行くしかあるまい』

「アレ？」

オーマさんの言うアレとは何なのか分からずに首を捻《ひね》るが、元々この世界の住人であるユティも分からないようで、同じように首を傾《かし》げていた。

「疑問。ユウヤの魔石、高純度のもの。あれ以上だとSS級とかになる。生息場所、知ってるの？」

『知っているぞ。まあ、今回はSS級やEX級の魔物は狙わん。それでも足りんと言われれば面倒だからな。だが、我の知る物であれば、確実に手に入る。少々面倒な場所にあるが……ユウヤの修行にはちょうど良いだろう』

「え」

オーマさんの口から出た修行という言葉に、俺は嫌な予感がした。

お、おかしいな……この世界の最大の敵であった究極完全態の『邪』アヴィスを倒したのに、まだ修行が続くなんて……。

しかし、俺の聞き間違いでもないようで、オーマさんはニヤリと笑った。

『フン。本来なら教えることはないが……他でもない主のためだ。特別に教えてやってもいいだろう。しかし懐《なつ》かしいな……あそこには賢者以外行き来していた者も、何よりたどり着けるだけの実力がある者もいなかったが……まあユウヤなら大丈夫だろう』

「どこにその根拠が⁉」

賢者さんレベルじゃないと行けない場所ってどこ⁉　雰囲気だけならアヴィス以上にヤバい気がするんですけど⁉

「本当に大丈夫なんですか？　あまり危険なところには行きたくないんですが……」

『ほう、いいのか？　そこに行かねばその小娘は永遠に故郷の星に帰れんぞ？』

「うっ……」

〈……〉

ふとメルルさんに視線を向けると、メルルさんはどこか不安げな様子で俺を見つめている。

危険なことは非常に嫌なのだが、メルルさんのことを考えるとそうも言えず、俺はただ、白目をむくことしかできないのだった。

＊＊＊

メルルさんの宇宙船を動かすためのエネルギー体がある場所を知っているというオーマさんの言葉を頼りに、すぐにでもそこに行きたいところだったが、今すぐというわけにもいかなかった。

というのも、明日《あした》は夏休み中の登校日なのだ。もう少し夏休み自体は続くが、この日に提出する宿題もあるので、休むわけにもいかない。

幸い宿題自体は佳織《かおり》たちと海で遊ぶために早めに終わらせていたので、そこの心配はなかった。

……何だか皆《みんな》に会うのも久しぶりな感じがするなぁ。夏休み前は毎日のように顔を合わせていたけど、夏休みが始まってからはそれもなくなって、ちょっとした寂しさを感じていた。

そんなわけで登校日が終わってからエネルギー体がある場所までオーマさんに案内してもらうことになったのだが……なんと、ここでオーマさんは一つ交渉してきた。

『我としてはユウヤに教えてやってもいいのだが、それだけであれば我には得がない。だからこそ、もしそこの小娘のためにエネルギー体が欲しいのであれば、我の願いを一つ聞いてもらうぞ』

「よ、要求ですか？　それは一体……」

創世竜《そうせいりゅう》であるオーマさんからの要求という言葉に思わず身構えると、オーマさんは目をカッと開いて告げた。

『――――我をチキュウの家の外に連れていけ！』

「…………え？」

予想外のオーマさんの言葉に、俺だけでなくユティたちも固まる。

しかし、そんな俺たちの様子を気にすることなく、オーマさんはまるで子どものように、その場で駄々をこね始めた。

『だってズルいではないか！　ナイトもアカツキもシエルもユティも！　それにそこの小娘もチキュウを堪能《たんのう》できるのだろう⁉　なのに我だけ家で留守番など……ズルいズルい！』

「ず、ズルいって……」

「わふぅ……」

「フゴ」

「ぴ」

「……困惑。創世竜の威厳が台無し」

ユティの言う通り、今のオーマさんはどこからどう見ても駄々っ子だ。

ナイトたちもオーマさんの様子に困惑やら呆《あき》れやらの声を上げている。

するとそんな俺たちの視線に気付いたオーマさんが、不服そうな顔を向けてきた。

『なんだ？　貴様ら。文句があるのか？　我は貴様らのようにチキュウの家の外を出歩けんのだぞ？　ん？』

「それは……」

『貴様らがチキュウを満喫している頃、我はこの家の中でただただ寝て過ごすだけの毎日……これでは以前の生活と何も変わらぬではないか！』

そこを突かれると俺としても弱い。できれば俺もオーマさんには地球を見て回ってほしいとは思うが、オーマさんの見た目はどこからどう見てもドラゴンなのだ。

「そ、そう言いますけど、オーマさんは地球にいない種類の生き物なので、見た目が……」

『見た目だと？　どこが悪いのだ！』

「つ、翼とか？」

　翼さえなければ、オオトカゲに見えなくも……ない、のか？　分からん。オオトカゲを飼ってる人が近くにいないからぴんとこない！

　そんな風に思っていると、俺はふとあることに気がついた。

「そ、そうだ！　オーマさんが家の外を出歩けない一番の理由は、やっぱりその翼のせいで、どうしても見た目がドラゴンだからなんですよ」

『フン。我は創世竜だ。ドラゴンなのは当然だろう？』

「でも、その翼さえ隠せれば、もしかしたら……ご、誤魔化せる、かも……？」

『何故《なぜ》どんどん自信を無くしていってるのだ！』

　いや、だって、思いついたはいいが、それでいいのか全然分からないのだ。

「ちょ、ちょっと待っててください！　準備をしますから」

　オーマさんに一言告げると、俺は急いでとあるものを買いに出かけた。

　向かった先は以前、ナイトの首輪を購入したペットショップだ。


　三十分後。

「か、買ってきましたよ！」

『ほう？　我の姿を誤魔化せるものがチキュウにあったとはな』

「え、ええ。これです！」

俺は買ってきたものをオーマさんに差し出した。

『……………何だ、これは』

「……………服です」

『……何のだ』

「え、えっと……ペット用の服、ですね」

そう……俺がオーマさんに渡したのは、ペットの犬や猫に着せるための小さい服だった。

これならオーマさんの翼も服で隠せる……はず！　いや、背中の部分にすごい違和感があるかもしれないけど、これ以上俺にはどうすることもできないから！

せめて違和感をなるべく少なくするために、フード付きのパーカータイプの分厚めの服を選んだのだ。

しかし、オーマさんは俺が差し出した服を前に、プルプルと震え出す……。

『ふ……ふざけるなあああああ！　何故我がこんなものを着なければならん!?　しかも

ペット用だと⁉』

「で、でも、これ以外にオーマさんの姿を誤魔化せる案が思いつかなくて……オーマさんだって自分の足で見て回りたいでしょ？　それも堂々と」

『当たり前だ！』

「だったらなおさら……もし外の景色を見るだけでいいなら、アカツキに渡してる姿隠しの外套《がいとう》を使えばいいですし、他にも鞄《かばん》か何かに入ってもらって、大人しくしてもらった状態で俺が運ぶとか色々できますけど……」

『うぐ……そ、それだと好きに楽しめんではないか……』

そう、姿を隠すだけなら、いくらでも方法はある。

しかし、オーマさんはそういうことがしたいのではなく、普通の状態で散歩をして地球を楽しみたいのだ。

その中で、食べ歩きをするかもしれないが、もし姿を隠していたら、その場ですぐに買ったものを食べることはできない。

オーマさんは俺の言葉に悩みながらも、目の前のペット用の衣服を前に唸《うな》る。

『うぐぐ……だ、だが……いくら何でもこの服はないだろう⁉』

「そ、そうですかね？」

俺が買ってきたのはペット用のパーカーだが、色はピンク色で、背中にはハートマークが描かれていて可愛《かわい》らしい。

『どう見ても我に似合うようなものではないだろう⁉』

「そんなことないと思いますよ？　ほら、せっかくですから着てみましょうよ」

『なっ⁉　い、嫌だぞ、我がそんな可愛らしいものを着るなど！』

「でも着ないと出かけられませんよ？」

『ち、違う色や柄のものでもいいではないか！』

「まあまあ、一度着てみましょう」

『お、おい、止《や》めろ！　うわあああああ！』

暴れまわるオーマさんを抱きかかえた俺は、そのまま買ってきた服を着せた。

すると……。

『く、屈辱だ……創世竜たる我が、このような格好を……！』

ピンク色のパーカーに身を包んだオーマさんができあがった。サイズはちょうどよさそうだが、やはり背中の翼部分は多少盛り上がっていて、ちょっとした違和感があるが……まあ許容範囲だろう。

「そんな悲観しなくても……似合ってるじゃないですか。ねえ？」

俺としてはオーマさんの新たな可愛い一面に大満足なので、皆にそう訊《き》くと――――。

「わ、わふ……」

「ぶ、ぶひ……！　フゴ、フゴ！」

「ぴ！　ぴぃ！」

「……黙秘。そのことについての言及は控える」

「あ、あれ？」

ナイトとユティはどこか困惑した様子を見せ、アカツキは爆笑しており、シエルは『オーマさん、最高じゃないっすか！』と言わんばかりに目を輝かせている。うーん、似合ってると思ったんだけどな。俺にはセンスというものがないらしい。

「ま、まあいいじゃないですか。目的は地球を散歩することなんですから。服なんて些細《ささい》な問題ですよ」

『……何だか上手《うま》くはぐらかされている気もするが、それもそうだな。はぁ……まさかこの我がこのような姿になるとは……我にこのようなことを恐れることなくするユウヤに感心するべきか否《いな》か……』

オーマさんはため息を吐《つ》くと、気を取り直した様子で続ける。

『まあいい。この格好であれば我も出歩けるのだな？』

「そうですね。まあ他にも、外で喋《しゃべ》ったり、魔法を使ったり、暴れたり、空飛んだり……いくつか注意することはありますけど、一番の課題だった見た目については、それでいいんじゃないでしょうか？」

『フン。これでダメだと言われれば、我の知るエネルギー体がある場所まで案内してやらんからな』

「そ、それは困りますね……」

現状、メルルさんの宇宙船の動力源になりそうな物がある場所を知っているのはオーマさんだけなのだ。俺とユティたちだけで異世界から探し出すのは難しいだろう。

すると、俺たちのやり取りを静かに見ていたメルルさんが手を挙げた。

〈あの、私のためにそのエネルギー体がある場所まで案内してくれるとのことでしたら、本来あまり多用するべきではないのかもしれませんが、もし地球でオーマさんの正体がバレたときは、私の端末を操作して地球上からその記録をすべて消しますよ〉

「……聞けば聞くほどすごいですね」

メルルさん自身の情報も、腕についている端末を操作しただけで皆《みんな》の記憶や電子上の記録まで消してしまったんだからとんでもない……万が一の時はお願いしよう。

「でもメルルさんがそこまでしてくれるんでしたら、より安全にオーマさんの散歩ができますね」

『おお、それはよかった！　ならば早速――』

「あー　でも今すぐはさすがに無理ですよ？　明日は登校日ですから準備もありますし……それにオーマさんもせっかくなら朝から出かけたいでしょ？」

『む。それもそうだな』

オーマさんとお出かけすることは決まったが、ひとまず夕食の用意をしないといけない。

するとオーマさんがカレーを食べたいというので、材料の買い出しに行くことに。

その際、メルルさんが地球に興味があるということで、オーマさんより一足先に地球の家の外を出歩くことになった。

……まあ、オーマさんはその時も駄々をこねたのだが、さすがにオーマさんを連れてスーパーに行くのは中々厳しいので、今回はお留守番をしてもらうのだった。

＊＊＊

「お、おい、あれ……」

「何だ何だ？」

「どうなってんだ？　あれ……」

「えっと……」

〈？　どうかしましたか？〉

こうして俺についてくることになったメルルさんだが、よくよく考えてみると、どう見ても地球人とは思えないような格好をしており、髪に至ってはなんか光っている。

特に今は夜なので、その髪の輝きが余計に目立ち、道行く多くの人たちから視線を向けられていた。

……つい連れてきちゃったけど、よかったんだろうか？　確実に目立ってるし、服も……その……全身タイツっぽいのでかなり危ない気がする。

だが、当のメルルさん自身は特に周囲からの視線を気にしている様子もなく、平然としていた。

「その、大丈夫なんですか？　かなり目立ってますけど……」

〈どこが目立ってるんでしょうか？〉

「え⁉　その……髪が光ってるところとか、ですかね……？」

〈はぁ……エイメル星ではごく普通の現象ですが……確かに地球人は光ってませんね。何故ですか？〉

「何故ですか⁉」

そんなこと聞かれるとは思わなかった！　な、何で光ってないんでしょうね……？

あまりにも真剣に聞かれたので思わず俺も真面目に考えるが、答えは出なかった。宇宙ってすごい。

周囲の目を集めながらスーパーに向かっていると、不意に声をかけられた。

「あら？　優夜さん？」

「え？　あ、佳織！」

するとそこには、買い物帰りなのか、佳織の姿が。

ただいつもと違い、佳織の周囲には、何やら物々しい気配を纏《まと》っている女性たちが付き従っている。

「その、周りにいる方たちは？」

「ああ……これは父が私のために用意してくれた護衛の人たちです」

「護衛⁉　何かあったの？」

俺がそう訊くと、佳織は一瞬暗い表情をした後、すぐに曖昧な笑みを浮かべた。

「い、いえ、特には……。ただ、父が最近は何かと物騒だということで、私の護衛を増やしたんです」

「な、なるほど……？」

言われてみれば、最近は地球も物騒……なのかな？　まあ俺のせいで宇宙人がせめて来たりしてるから、物騒といえば物騒だけどさ。本当に地球の皆さんごめんなさい。

それに、佳織のようにお金持ちの人たちには、俺たちには分からないような危険が日常に潜んでいるのかもしれないしな。脅迫されたりとか、誘拐されたりとか、身代金《みのしろきん》を要求とか……さすがにないか。ドラマじゃないし。

人の強さなんて【鑑別《かんべつ》】スキルでも使わないと分からないが、佳織の護衛という女性たちは強そうな気配を纏ってる……気がする。

すると、佳織が少し困惑気味に声をかけてきた。

「それで、その……そちらの女性は？」

「ああ……こちらはメルルさん」

「メルル……あの、こっちの世界の方ではないですよね？　異世界の方ですか？」

何かを察した佳織は、声を潜めてそう訊いてくるが、俺は苦笑いしながら答えた。

「それが……地球の人でも異世界の人間でもなくて、宇宙人なんだ」

「へ？」

さすがにその答えは予想していなかったようで、佳織は目を丸くしてメルルさんを見つめた。

「た、確かにどこかSFチックな意匠の格好ですが……ほ、本当に宇宙人なんですか？」

「うん。俺も正直まだ実感が薄いんだけど……どうやらそうらしい」

俺の説明に、呆気《あっけ》にとられる佳織。

すると、俺が佳織と話している間、周囲を見渡していたメルルさんは、首を傾《かし》げて話しかけてきた。

〈早く買い物とやらを済ませなくてもいいのですか？　貴方《あなた》の家族が待っていると思うのですが……〉

「あ！　そうですね。それじゃあ佳織、また！」

「え⁉　は、はい……」

ひとまず佳織に挨拶をした俺は、急いでスーパーへと向かうのだった。

「……優夜さん、交友関係が宇宙まで広がったんですね……」

そんな俺たちを後ろから見つめる佳織が小さく呟《つぶや》いた言葉は、俺の耳に届かなかった。

「お嬢様。そろそろお戻りになられた方がよろしいかと。脅迫状の件もありますし……」

「……そうですね。用事も済みましたし、帰りましょう。はぁ……佳澄《かすみ》も無事だといいんですが……」

＊＊＊

〈！　こ、これは……とても美味《おい》しいです！〉

「そ、それならよかったです」

「理解。今のは言葉が分からなくても分かる。ユウヤの料理は美味しい」

『まったくだな。この世界の料理は実に刺激的だ。お代わり！』

「はいはい」

俺はオーマさんのためにカレーのお代わりを用意してあげながら、今日一日のことを振り返る。

異世界に行くのは明後日《あさって》になったので、とりあえず今日からメルルさんをどうするのかという問題が出てくる。本来ならばメルルさんが乗ってきた宇宙船で過ごせたところ、あのドラゴニア星人の攻撃によってエンジンが動かなくなってしまい、機能が一切使えないため、星に帰るまで俺の家で過ごすことになった。

幸い俺の家は一人で暮らすには大きく、部屋も余っているので問題ない。

ただ、食事や睡眠に関して、メルルさんが地球人とは異なる部分があったらどうしようかと思っていたのだが、食事もこうして普通に同じように食べることができるし、睡眠についても布団《ふとん》で寝る習慣があるようだ。

まあその布団は俺たちが想像しているようなベッドや敷布団《しきぶとん》とは違うみたいだけど、ドロップアイテムである【極楽布団《ごくらくぶとん》】なら、どんな人が寝ても極上の眠りを提供できるだろうということで、問題ない。

そういうわけで、今も俺が作ったカレーを食べてもらっているのだが、メルルさんは目を輝かせながらカレーを口に運んでいた。

〈このように美味しいものは初めて食べました。地球……辺境の星でありながら、実に素晴らしいところですね〉

「は、はあ……その、メルルさんって普段はどんなもの食べてるんですか？」

〈私ですか？　そうですね……この星にあるもので例えるのであれば、ブロック状の栄養食品やサプリメントが近いでしょうか〉

「え……そ、それが本当に食事なんですか？」

〈はい。味はともかく、必要な栄養素、カロリーはすべてそれらで賄えますから〉

何だろう、ちょっと宇宙の料理とか興味あったのに、すごく残念だ。

でも、メルルさんやドラゴニア星人が着ていたような、ピチッとしたタイツのような服装からも何となく想像つくが、科学技術が進歩すればするほど、すべてのものがより効率的な形へと変化していくのだろう。

その結果、料理は栄養素を摂取するだけのものになったと……。

「えっと……まだまだカレーたくさんあるので、遠慮せずに食べてくださいね」

〈はい！〉

オーマさんと出会った時も思ったが、日本の食品企業って本当にすごい。そう思うのだった。

第四章　はじめての散歩

翌日。

登校日のため王星《おうせい》学園に向かうと、皆《みんな》変わりなく元気な様子で挨拶をしてくれた。

皆に一つ一つ挨拶を返しながら席に着くと、亮《りょう》と慎吾《しんご》君がやって来る。

「優夜《ゆうや》！　おはよう！」

「お、おはよう、優夜君」

「あ、亮と慎吾君！　二人ともおはよう」

「久しぶり……ってのも変な感じだけど、海で遊んで以来だな。夏休み満喫できてるか？」

「まあね。二人はどう？」

「俺はばあちゃんちに行ったり、親戚の集まりに顔出したりして、あんまり遊べてるって感じじゃねぇな。まあ皆元気そうでよかったけどよ」

「ぼ、僕はゲーム部の活動で部員の人たちとゲームをしてたよ。他にも、夏はアニメが豊作だから……」

「なるほど、二人とも楽しんでるなぁ」

俺の場合、親戚どころか両親とさえ会っていないので、何とも言えない。今、皆何をしてるんだろう？　陽太《ようた》たちのことも含めて、大変だとは思うけど……。

亮たちと会話しながらそんなことを考えていると、楓《かえで》が元気にやって来た。

「おはよー！　皆、久しぶり！　元気にしてた？」

「おはよう、楓。皆と海に行った後も色々あったけど、元気だったよ」

「へぇ？　色々の部分はちょいと気になるねぇ。なあ？　雪音《ゆきね》」

「……おはよ」

「あ、凜《りん》ちゃん！　雪音ちゃん！」

すると、俺の席に凜と雪音まで集まってきて、何だか賑《にぎ》やかになった。

……やっぱりいいなぁ。

今まではこんな風に誰かと楽しく学校で会話することなんてなかったけど、こうして皆と近況報告をしたり、何気ない会話をするのは本当に楽しい。

せっかく『邪《じゃ》』との戦いも終わって平和に過ごせるかと思えば、今度は宇宙のいざこざに巻き込まれるんだもんな。

ちなみにメルルさんだが、今日は家でお留守番を頼んでいる。

本当はあまり目を離したくはないんだけど、こればかりは仕方ないからな。

異世界から宇宙船の燃料になるものを持って来ようとしてる今、特に見られて困るようなものもないし。

それに、ナイトたちもいるからな。

そんなことを考えていると、佳織《かおり》が俺たちの教室に顔を出した。

「……あ、皆さん！」

「え？　佳織！　おはよう」

「はい、おはようございます！　優夜さんとは昨日たまたま会いましたが、皆さんとはお久しぶりですね」

佳織が皆に挨拶をし終えると、こっそりと俺に訊《き》いてくる。

「ところで、その……優夜さんと昨日一緒にいらっしゃった女性は、まだ……？」

「ん？　ああ、メルルさんはまだ俺の家にいるよ。宇宙船が直るまでは俺の家で寝泊まりすることになるとは思うけど……まあオーマさんが宇宙船の燃料になりそうなものの在り処を知ってるらしいから、あと少しだと思うけどね」

「そ、そうですか。その……何か起こったりとかはしてないんですよね？」

「何か……？」

何だろう……あれかな、家をメチャクチャにされたことか？　それとも宇宙人の襲撃そのもの？

今のところ俺の家を中心にだいぶとんでもないことは起きているが……。

佳織が訊いていることの意味を考えていると、楓がそんな俺たちの様子に気付いた。

「ねえねえ、二人とも何の話をしてるの？　何だかコソコソ話してるみたいだけど……」

「え？」

「おやおや～？　もしかして、二人は内緒で付き合ってるんじゃないかい？」

「ええ⁉　そ、そうなの⁉」

凜が意地悪そうにそう言うと、その言葉を真に受けた楓がすごいショックを受けた様子で叫ぶ。

「ち、違うよ！　今、俺の知り合いが家に泊まってて、昨日、佳織がたまたまその人と会ってたから、そのことについて話してたんだよ」

「そ、そうですよ！」

佳織もそう言うと、楓は何故《なぜ》か心の底から安堵《あんど》した様子を見せた。

「よ、よかったぁ……私はてっきり――」

「てっきり？」

「な、何でもないよ⁉　あ、あははは」

何だかはぐらかされたようだが、まあ楓がそう言うのならこれ以上訊かない方がよさそうだ。

そんな楓とは異なり、凜はわざとらしく残念そうな様子を見せた。

「なーんだ。つまんないねぇ」

「つまんないって言われてもな……」

「……でも、その泊まってる人って、誰？」

雪音がぽつりとそう零《こぼ》すと、楓は再び話に食いついた。

「そ、そうだよ！　その今泊まってる人って……ま、まさか、女の人……⁉」

「え⁉　そ、それは……その……なんていうか……」

「あー……優夜？　すでに誤魔化せてねぇからな？」

「ウソ⁉」

「ご、誤魔化せてると思ったんだね……」

亮と慎吾君は苦笑いを浮かべているが……まさか誤魔化そうとする前からバレていたとは……。

「その……まあ今俺の家にいるユティみたいな形で、一時的に俺の家にいるんだ」

「あー。あの話題の転校生か」

「す、すごいよね。転校初日から中等部では話題で、今では高等部でも人気だし……」

「え、ユティ、そんなことになってるの!?」

「い、一緒に住んでる優夜君が知らないんだね……」

まあユティにはどこか浮世離れした雰囲気があるし、『弓聖《きゅうせい》』の弟子として鍛え上げた身体能力を含めて、色々とすごいからな。

最近は佳織にこっちの世界の常識を教えてもらったことでぶっ飛んだ行動こそしなくなったが、それでもふとした瞬間に見せる天然な部分なんかは、皆に親しみやすさを感じてもらえるんだろう。

何にせよ、皆から受け入れられているようでよかった。

ひとまず話題が一度逸《そ》れたので、俺はすかさず皆にも聞いてみた。

「そ、それよりも、さっき亮は親戚の人たちと会ってたって言ったけど、皆も誰かが遊びに来てたり、遊びに行ったりしてないの？」

すると、俺の質問に、佳織が嬉《うれ》しそうな表情で答えた。

「あ、明日《あした》、妹が帰ってくるんです！」

「え、妹？」

「佳織、妹いたんだ⁉」

俺だけでなく、皆も初耳だったようで、佳織の言葉に驚いた。

「はい！　妹は仕事の関係で海外にいる母について行っていて、今は海外の学校に通っているんですけど……」

「お母さんも海外で働いてるんだ……」

「……聞けば聞くほどすごい家系」

「本当にねぇ」

楓たちがしみじみとした様子でそう呟《つぶや》くと、佳織は慌てて続ける。

「そ、そんな！　父と母はすごいですけど、私なんてまだまだですから！　妹も海外で頑張ってますし、姉として負けてられません！」

そんな風に考えられることがすでにすごいと思うのだが、これが佳織のよさなのだろう。家族がすごいとつい自分もすごいと勘違いしてしまいそうだが、家族と自分を別にして考えるのは中々できないことなんじゃないだろうか。俺も見習いたいところだ。

元気よく妹の帰りを喜んでいた佳織だったが、急に表情を曇らせる。

「？　どうしたの？」

「いえ、その……妹が帰ってくるのは本当に嬉しいんですけど、最近父宛に脅迫状が何枚も届いてまして……」

「脅迫状⁉」

まさかの内容に全員驚く。きょ、脅迫状って……物騒すぎないか？

「ええ。内容としてはお金の要求だったんですけど……お金を払わないと娘の命はないって……」

「そ、それ大丈夫なの⁉」

「今は何も起きていないので大丈夫なのですが……そのこともあって、最近は護衛の数を増やしてるんです」

「あ、なるほど……」

どおりで昨日、佳織の護衛の人たちの数が多かったのか。

幸い佳織には危機回避の指輪を渡してあるので、学校では難しいかもしれないが、それを普段から身に着けててもらえれば、何かあっても一瞬で俺の家まで転移してくるはずなので、大丈夫だろう。一応、学校にいる間は俺も気を付けておこう。

「そんなわけで、本当なら妹には帰ってきてほしくはないのですが……中々会えないというのと、妹は私に比べて気が強いので……その、脅迫状に負けたくないと……」

「な、何だかすごい妹さんなんだね……」

脅迫に負けたくないって。佳織も芯は強いが、特別気が強いと感じたことはないので、変な感じだ。性格的に、佳織は司《つかさ》さん似なのかな？　二人とも落ち着いている感じだし。

「妹が帰って来る際は、父が空港に護衛の方をちゃんと用意しているそうなので、空港に到着するまでに何事もなければ大丈夫だと思うのですが……」

佳織はどことなく不安そうだったが、妹に会えるのは本当に楽しみなようで、嬉しそうにしている。何事もなければいいな。

皆それぞれの近況報告をしあっているうちに、ホームルームの時間が近づいてきたので、それぞれの教室や席に戻り、提出物の用意をするのだった。

＊＊＊

『ユウヤ！　何をしている！　早く行くぞ！』

「ちょ、ちょっと待ってくださいよ！」

登校日の翌日。

約束していた通り、オーマさんと一緒に地球の家の外に朝から出掛けることになった。

せっかくオーマさんが出かけられるようになったので、ナイトたちも含めて全員で出かけるか提案したところ、今回はオーマさんが地球を堪能《たんのう》できるようにと、それぞれ家でお留守番をしてくれることになった。

ユティは登校日に友だちと約束をしていたらしく、今日一日、その友だちと遊ぶらしい。

昨日も思ったが、順調に友人ができているようでよかった。

ただ、メルルさんはまた地球の観察がしたいと言うので、今回はオーマさんとメルルさん、そして俺の三人で出かけることになった。

もしオーマさんの存在が周りの人たちにバレてしまったときは、メルルさんがその記憶や情報を消してくれるので、近くにいてもらえるととても心強い。

今すぐにでも外に飛び出そうとするオーマさんを、俺は慌てて引き留め、今一度、注意をする。

「オーマさん！　外に出たら、喋《しゃべ》っちゃダメですからね⁉」

『む？　分かっておる。こうすればよいのだろう？』

「え？」

オーマさんはふと視線を俺とメルルさんに向け、口を閉じる。

しかし――――。

『これで話しても問題あるまい？』

「うおっ⁉」

〈これは……テレパシーの一種ですか……〉

なんと、オーマさんの声が直接脳に響いてきたのだ！

オーマさんは驚く俺たちに対し、得意気な表情を浮かべる。

『フフン。これならば、口を使わずとも会話できるだろう？』

「そ、そうですね。……ちなみにこれ、俺たちも脳内で語り掛けたら会話できるんですか？」

『そうだな。今回はユウヤと小娘に魔法をかけたから、出かけている最中は問題なく脳内で会話できるだろうが……我と違い、お前たちが黙々と過ごしていれば周囲から奇異の目で見られるのではないか？』

「あ、それもそうですね」

脳内会話だけしていると、傍《はた》から見れば黙々と歩くだけの人だな。オーマさんに話しかけるかはともかく、メルルさんとも会話しないのは周りからおかしく見えるだろう。

ひとまずはオーマさんと会話するときだけ、脳内で会話をするように意識しよう。

『まあなんだっていい。これで問題は解決したな？　ほら早く行くぞ！』

「あ、オーマさん⁉」

早速、家から出たところで、ふと周囲の視線がまたメルルさんに向いていることに気付く。

……まあそうだよなぁ。どうみても現代ファッションとはかけ離れた前衛的な服装だし……。

「あの……メルルさん。昨日も気になっていたんですけど……その服、変えることってできますか？」

〈何故《なぜ》でしょう？　この装備は宇宙でも最新鋭のものになりますが……〉

「い、いえ、その、この地球ではその格好はとても目立つので……」

〈ふむ……私からすれば、地球人の姿の方がよほど原始的で時代遅れに見えるんですけどね〉

なんてこった。宇宙から見たら、俺たちは時代遅れらしい。宇宙のファッションって分からん。

〈……まあいいでしょう。では、少々この周囲の衣服のデータを収集して……〉

メルルさんが腕に装着している端末を何度か触ると、軽い電子音が流れたのち、急にメルルさんの服が光り始めた！

「ちょっ……メルルさん⁉」

〈安心してください。この光景を目にした人物たちの記憶は瞬時に削除しますので〉

「怖っ⁉」

やっぱり宇宙技術怖いよ！　記憶操作とか、恐怖でしかないんだが⁉

……これ、副作用的なのはないんだよね？　めちゃくちゃ怖くなってきた。

宇宙の技術に恐怖していると、メルルさんの服の輝きはやがて収まり、普通の女性が着ていそうな、衣服へとチェンジしていた。

〈こんな感じでしょうか。一応、地球のネットワークから情報を集めたので、そうおかしな格好ではないと思うのですが……〉

「そ、そうですね。その姿なら問題ないと思いますが……宇宙の技術ってそんなこともできるんですね」

〈もちろんです。この端末で情報を集収することで、ナノマシンが自動的にその情報通りのものに服装を変えてくれるんですよ〉

「な、なるほど。ちなみに今の変身する様子を見ていた人から、その部分の記憶はもう消したんですか？」

〈はい。念のためお伝えしておきますが、エイメル星の記憶操作技術は非常に高度ですので、記憶や情報を操作するうえで何かに悪影響を及ぼすことはありません〉

「そ、そうですか」

よかった！　これで副作用があるとか言われたらどうしようかと思ったよ！

……なんていうか、メルルさんたちの技術は、もはや神様の領域に足を踏み入れてそうだし、実際、世界で起こるほとんどのことはその技術力で解決できてしまいそうだ。

ただ、そんなメルルさんたちがドラゴニア星と戦争を続けていると……これに地球が巻き込まれたらとんでもないことになるんじゃ……。

それはともかく、メルルさんは地球で出歩いていてもおかしくない格好になった。

ただ、未《いま》だに髪は燐光《りんこう》を発しているので、完全に地球人に溶け込んでるとは言い切れないが……。

『おい、何をしている？　早く行くぞ！』

メルルさんの服について話していると、痺《しび》れを切らしたオーマさんが急《せ》かしてきた。

走り出すオーマさんを、俺たちも追いかけるのだった。

『――――おお！』

オーマさんは、見慣れない周囲の環境に目を輝かせている。

『これがユウヤの住む世界か……やはりあの世界とは建築様式も服装も違うな』

「まあそうですね。特に日本は地震が多いので、耐震性がしっかりした建物が多いですし……」

『ジシン？』

「あれ？　異世界じゃないんですか？　こう、地面が揺れるみたいな……」

『む？　それはもちろん我が歩けば地は震えるが……』

「いや、そういうのではなく……こう、地下深くでプレートが重なってて、それがズレた衝撃で地面が揺れるんですよ。一種の災害ですね」

『ほう、そのような自然災害があるのか……』

どうやら異世界には地震がないようで、オーマさんは初耳だったようだ。

それはメルルさんも同じで、興味深そうに話を聞いている。

〈なるほど。この星特有の災害ですか〉

「そ、そうなるんでしょうか……？　あの、他の星を知らないので何とも言えないんですけど……」

〈そうですね……私たちの星では、定期的に【星嵐《ほしあらし》】と呼ばれる災害が起こりますよ〉

「ほしあらし？」

〈ええ。地球で言う竜巻と同じかと思うのですが、宇宙に漂う小惑星が螺旋《らせん》状に高速で回転しながら通り過ぎていく災害です〉

「怖っ⁉」

それ、触れただけでミンチになりそうな雰囲気なんですけど大丈夫ですか⁉

う、宇宙は災害の規模も桁違いだな……もちろん地球の地震だってとんでもなく恐ろしいけどさ。

そんな会話をしながら進んでいくと、今度は道路を走る自動車にオーマさんが反応した。

『む⁉　ユウヤ、何だあれは！　魔力を感じぬぞ』

「あれは自動車ですね。動力には魔力じゃなくて、ガソリンっていう燃料を使ってるんですよ」

『魔力以外にも動力があるとは……』

〈まあ割と原始的なエネルギー物資ですよね。現在は、星の光をエネルギーとして使ったり、それこそ魔力を使うのが主流になっているので……〉

「へぇ……ちなみにメルルさんの宇宙船は、その星の光じゃ動かないんですか？」

〈ええ、残念ながら……手持ちにパーツもありませんから〉

どうやらそううまくはいかないみたいだ。

メルルさんと会話をして、宇宙の技術に感心していた俺は、ふとあることに気付き、オーマさんに脳内で語り掛ける。

「そういえばオーマさんって、メルルさんの星のことや、宇宙船には興味がないんですか？」

そう、地球より、断然メルルさんの星の方が文明は進んでいるだろうし、地球の文明を見るよりもよっぽど楽しいと思うのだが……。

すると、オーマさんは鼻を鳴らした。

『フン。気にならないと言えばウソになるが……つまらん』

「つ、つまらない？」

『小娘の星は我では想像し辛《づら》い領域まで文明が発達しているのだ。その技術力はもはや神の領域に近いだろう』

〈そうですね。たいていのことはできると思いますよ。それこそ、我々の技術を使えば、地球人の寿命を軽く千年は引き延ばせるでしょうし、私たちの星に病死という概念はありません〉

「ええ⁉」

せ、千年って……しかも病死がないだって？

宇宙ヤバい。

『そこまでいくと、もはや何の面白みもない。それに比べ、ユウヤの住むこのチキュウは、我の想像がちょうど追い付く程度の文明で、一つ一つのモノがとても面白いのだ』

「そ、そういうものですか……」

俺にはよく分からんが、遠くの映像を映すことができるテレビとか、オーマさん的にはちょうどいい想像力の範囲内のものなんだろう。難しいさじ加減だ。

地球にあるものは俺からすれば当たり前かつ便利なものばかりだが、メルルさんからすればどれも非効率的で不便なものばかりのはずだ。

だが、メルルさんからしてみても、その不便さが絶妙に面白いのかもしれない。もう俺には理解できない世界だな。

そんな感じでオーマさんとメルルさんは、見るものすべてに反応しながら楽しそうに散歩を続けていたが、やはりオーマさんの姿は目立つようで、道行く人がこちらを見て目を見開いていた。

「うお⁉　な、何だ？　あのペット……」

「な……って、あれ、雑誌に出てた人じゃね？」

「え？　あ、本当だ！」

「あの動物って何だ？」

「さあ？　オオトカゲとかじゃね？」

「なるほど、オオト……カゲか……？　あんなドラゴンっぽい爬虫類《はちゅうるい》いたんだな……」

「ていうか、トカゲと散歩とか珍しいな。まああのサイズだと散歩も必要になるんだろう」

物珍しそうに見てくるが、幸い嫌悪《けんお》感などは抱かれていないようで一安心した。人によっては爬虫類が苦手な人もいるしな。果たして創世竜《そうせいりゅう》が爬虫類に分類されるのかは知らないけど。

そんなことに安心しかけていたら、不意にこちらを見ていた一人が不愉快そうに口を開いた。

「街中にペット連れてきてんじゃねぇよ。邪魔くせぇ……」

『あ？』

その瞬間、突然オーマさんの目が鋭くなり、先ほどの言葉を呟《つぶや》いた人に対してすさまじい圧力を加えようとした！

それに慌てた俺は、すぐさま脳内でオーマさんを止める。

「オーマさんストップ、ストップ！　オーマさんは今、トカゲって設定なんですよ⁉　それなのにここで暴れたら全部台無しじゃないですか！」

『だがユウヤ。そこの人間は我を邪魔だと……』

「気持ちは分かりますけど、ここはぐっと我慢してください！」

『むぅ……腹立たしいが……今回だけだからな……』

最後にひと睨《にら》みすると、オーマさんはふいっと顔をそむけた。

すると、ほんの少し俺の制止が間に合っていなかったようで、先ほどの発言をした男性は顔を真っ青にしながら足早に去っていった。本当にすみません……。

「あー！　トカゲだー！」

「え？」

『む？』

そんな感じで周囲の視線を集めながら散歩を続けていると、同じように散歩中らしい保育園の子供たちがオーマさんに気付き、声を上げた。

そして子供たちはオーマさんを恐れることなく近づいてくる。

『な、何だ何だ⁉』

「とかげしゃん！」

「すげー！　カッケー！」

「おおきいねー」

いきなり子供たちに囲まれ、困惑するオーマさんに対し、保育園の先生が申し訳なさそうに頭を下げた。

「す、すみません！　子供たちが……」

「いえいえ、大丈夫ですよ」

「ねぇねえ！　さわってもいい⁉」

「おれもおれも！　おれもさわるー！」

すると、オーマさんに触りたいと子供たちが声を上げ、先生はますます困った様子を見せた。

俺はその様子を見て、脳内でオーマさんに語り掛ける。

「ねえ、オーマさん。子供たちがオーマさんに触りたいって言ってるけど、いい？」

『何？　何故《なぜ》我がそんなことを許さねばならぬ！』

「でも子供たち見てよ？　すごく期待した目をしてるけど……」

『うっ⁉』

俺の言った通り、子供たちはオーマさんに触りたくてうずうずしており、目を輝かせて見つめていた。

そんな子供たちの純粋な視線にはさすがのオーマさんも耐えられなかったようで、渋々頷《うなず》く。

『ええい、仕方がない……ただし、ほどほどにして切り上げるのだぞ！　我はまだチキュウを堪能《たんのう》中なのだからな！』

「ありがとう」

オーマさんに感謝しつつ、俺は保育園の先生に告げた。

「触っても大丈夫ですよ。ただ、あんまり乱暴にしないでくださいね」

「本当にすみません……ほら、皆《みんな》。順番に優しく撫《な》でてあげようね」

「「「はーい」」」

子供たちは元気よく返事をすると、代わる代わるオーマさんの体を触っていく。

「ふぉー！　すべすべー！」

「かっけー！　きょうりゅうみたーい！」

「かたいねー」

『お、おい、もうよいのではないか？　な？』

「まああ。もう少しだけ」

『いや、しかし……っておい、童！　尾をあまり強く握るな！　ああ、我の角をそんなむやみに触るでない！　怪我《けが》をするぞ!?　ええい、落ち着かんか！』

あの尊大な性格で、いつも唯我独尊なオーマさんが、子供の前ではたじたじである。

子供たちはある程度触って満足したのか、笑顔を浮かべた。

「おにいちゃん、ありがとー」

「とかげしゃん、ばいばい」

「本当にすみません……ありがとうございました」

「いえいえ。こちらも楽しんでもらえたようでよかったですよ」

何度も頭を下げる保育園の先生や子供たちに手を振り別れると、オーマさんはぐったりした様子でその場に寝そべった。

『わ、童共は恐れを知らぬな……この我を相手にあそこまで遠慮がないとは……』

「でも可愛《かわい》かったでしょ？」

『……まあな。無駄に年を重ねた醜い人間どもと違い、子供は純粋でよい。まあ子供だからこその無鉄砲さもあるわけだが』

む、無駄に年を重ねたって……まあそういう大人がいないわけじゃないけどさ。

オーマさんは少しして起き上がると、気を取り直して再び歩き始めた。

『さあ、まだまだ行くぞ。しっかりついてこい！』

「はいはい」

俺とメルルさんは、どんどん進んでいくオーマさんの後を追っていくのだった。

＊＊＊

保育園の子供たちと別れてからも、オーマさんに関して声をかけられることは多かった。

中には爬虫類に関して詳しい人もおり、見るからに地球の生き物ではないオーマさんに対して熱心に質問をしてくることもあったが、そういった人たちにはメルルさんの腕に装着されている端末で、オーマさんに関する記憶を消してもらっていた。

放っておけば『新種発見！』とか、面倒なことになるのが目に見えていたのでありがたい。本当に宇宙の技術ってすごいな。

そんなことが起こりながらも、俺たちは近くのカフェで休憩をとることにした。

そこでオーマさんがケーキを欲しがったので、ケーキを買ってオーマさんの目の前に置く。

さすがにケーキを食べさせてる姿を見せるのは何かと問題があるので、この時だけはオーマさんに姿隠しの外套《がいとう》を着てもらっていた。

なので、傍《はた》から見ると地面に置かれているケーキが勝手に消えていっているように見えるだろう。もちろん、ケーキが人から見えにくいようにはしているが。

『姿を隠さなければならんのは納得いかぬが……うむ、美味《うま》い！』

〈本当に美味《おい》しいですね。栄養補給という面では非効率的、かつ食べすぎると健康に害がありそうですが、味という面では非常に優れています〉

「よ、喜んでもらえてよかったです」

オーマさんは口の周りをクリームまみれにしながら、美味しそうにケーキを食べ続けていた。

「それで、この後はどうします？　この場所！　……って地球のことは分からないと思いますけど、何かこんなものがある場所に行きたいとかありますか？」

『うむ、そうだな……人間が多く集まるところがよいな』

「え、人の多いところですか？」

『ああ』

予想外のオーマさんの発言に、俺は驚く。

オーマさんって人混みとか嫌いそうなイメージなんだが……。

『ん？　勘違いするなよ？　我としても騒がしいところは好かん』

「な、ならどうして？」

『単純な話だ。この世界の人間が多く集まる場所こそ、また楽しい何かがあると思ったからだ』

「なるほど……」

今のところは家の近所を散歩していたが、オーマさんの言う通り、人の多い場所に行けば、色々あるだろう。

オーマさんが果たして何に興味を示すのかは分からないが、本人が行きたいというのならそれに付き合うだけだ。

「分かりました。それじゃあ人の多い場所に行きましょうか」

『うむ！』

本当なら遊園地や動物園、水族館など連れていってもいいのかもしれないが、さすがに家からだとちょっと遠いので、今回はパスだ。それに、園内に入れてもアトラクションにオーマさんを連れていけるとは限らないしな。

そんなわけで改めて散歩を再開し、オーマさんの要望通り、賑《にぎ》やかな繁華街までやって来たのだが……。

『お、おお！　この人間の多さはなんだ!?　祭りでもやっているのか？』

「いえ。毎日こんな感じですよ」

『毎日だと!?　何故!?』

「な、何故って言われても……」

まあ純粋に考えれば、色々と買い物ができる施設が揃《そろ》ってたりするからだろうか？

この場所に人が多い理由を問われて、思わず真剣に考えていると、オーマさんが再び脳内に語り掛けてきた。

『おい、ユウヤ！　あれは何だ⁉』

「え？　ああ、あれは大型ビジョンですね」

オーマさんが興味を持ったのは、ビルの壁に埋め込まれている大型のテレビだった。

今はちょうどニュースが流れているみたいだ。

『ほほう……このようなものがチキュウにはあるのだなぁ』

〈もう少し技術が進歩すれば、ホログラムに変わりますよ〉

『なんだ？　それは』

〈あのように画面に映像を映し出すだけでなく、立体的な映像を作り出す技術です〉

『……やはり貴様らの技術はよく分からん。それに、せっかく楽しんでおるところに水を差すな』

〈う……す、すみません〉

オーマさんに睨《にら》まれ、メルルさんは気まずそうに視線を逸《そ》らした。

メルルさんからすれば、ここに溢《あふ》れてる光景は時代遅れの物ばかりだろうしなぁ。

そんなことを考えていると、オーマさんが不意に訊《き》いてくる。

『ところでユウヤよ。ハイジャック、とはなんだ？』

「え？」

いきなりとんでもない単語が飛び出したので驚いてしまうが、オーマさんは大型ビジョンを見つめたままだった。

『何、先ほどからそこの……大型ビジョン？　とやらで、ハイジャックがどうだとかしか流れていないからな。これはそれだけを延々と映し出すものなのか？』

「い、いや、そういうわけじゃないですけど……」

俺が大型ビジョンに目を向けると、アナウンサーの人が、日本に向かう飛行機の一機がハイジャックされたことを報道していた。

『緊急速報です。現在、〇時〇分到着予定の飛行機がハイジャックされ――――』

「ハイジャックだって」

「マジ？　ヤバくね？」

「てか、本当にそんなことあるんだな」

大型ビジョンから流れるニュースを周囲の人たちが見上げてざわつく中、俺は何だか嫌な予感を抱いていた。

するとそのアナウンサーは俺の嫌な予感を見事に当ててきた。

『――ハイジャック犯は、日本有数の資産家である宝城《ほうじょう》家に対し、機内に搭乗している関係者への身代金《みのしろきん》の要求をしているそうです』

「！」

宝城って……佳織の家か！

確か、今日妹が帰ってくるって言ってたけど……まさか……。

ニュースの内容に呆然《ぼうぜん》としていると、オーマさんが再度訊《たず》ねてきた。

『どうしたのだ？　ユウヤ。それと、結局ハイジャックとは何なのだ？』

「……この地球には、人を乗せて空を飛ぶ飛行機って乗り物があるんですけど、それを犯罪者が乗っ取ってしまうことです」

『なるほど……つまり、今現在、その飛行機とやらが乗っ取られ、大変なことになっていると。それで、どうして主はそんなに顔を青くしているのだ？』

「その……今ハイジャックされてる飛行機に、オーマさんも会ったことがある佳織の家族が乗ってるみたいなんです……」

何とかして助けに行きたい。でもどうすれば……。

俺には空を飛ぶ術《すべ》がないのだ。魔法を使えば可能性はあるかもしれないが、そこで手間取っている間にも……。

『何をぐだぐだ考えておるのだ？　行けばよいではないか』

「で、でも、どうやって空に……」

『ユウヤ。ここに誰がいると思ってる？』

「え？　――――まさか⁉」

驚きで目を見開く俺に対し、オーマさんはニヤリと笑った。

『さて――チキュウの空を堪能《たんのう》しようではないか……！』

＊＊＊

――宝城佳澄《かすみ》は、目の前のハイジャック犯の一人を睨みつけていた。

佳澄は佳織の清楚《せいそ》なイメージとは逆に、外ハネのショートカットで、どこか溌剌《はつらつ》とした印象を抱かせる。

それに対して、ハイジャック犯たちは全員が目出し帽をかぶり、銃などを武装している。

「……ウチが一体誰だか分かってんの？」

「ああ、もちろん分かっているとも。世界有数の資産家で、日本では学校経営を始め、様々な分野に手を広げている宝城家の子女だろう？　それに、あれだけ脅迫状を送ったってのに無視するテメェの父親が悪い。そんなわけで、お前を誘拐すれば、身代金がたんまり貰《もら》えるってわけだ」

「そんな簡単にいくわけないじゃん」

「フン。金持ちの娘のくせに口が悪いな」

「アンタらみたいなのにはこれで十分でしょ」

「──あんまり我々を怒らせるなよ？　無事に家に帰りたければな」

「っ！」

　銃を突き付けられ、佳澄は今にも泣き出したくなったが、それをぐっと堪え、精一杯の抵抗として、目の前の犯人を睨みつけた。

　佳澄は母親と一緒に海外で暮らしており、年に数回、まとまった休暇中にしか父親の司や姉の佳織と会う機会がなかった。

　そのため、司から、家に脅迫状が届いているので今回は帰ってこない方がいいと言われていたものの、佳澄としては姉たちに会える数少ない機会を失いたくなく、こうして日本への飛行機に乗っていた。

　もちろん、帰省の際には万全を期して護衛を雇い、飛行機内の安全も確保した……はずだった。

てしまった。
しかし、犯人は乗客だけでなく、乗組員にも成りすまし、佳澄の護衛を次々と無力化し
普段は母親譲りの気の強さを持つ佳澄だったが、今は大人しい。
大人でさえ恐怖するような状況に、中学生である佳澄が気を強く持ち続けることは難し
かった。
精一杯犯人を睨みつける佳澄に対し、彼女に銃を突き付けている男は鼻で笑った。
「ハッ。可愛《かわい》らしいもんだな。せいぜい俺たちが金を稼ぐための人質として大人しくして
てくれ」
すると、別の男が疑問を口にする。
「なぁ、金貰ったらコイツ、本当に返すのか？　よく見りゃ可愛いしよぉ、勿体《もったい》なく
ね？」
「っ⁉」
不意に向けられる不快な視線に、佳澄が身を硬くすると、男はため息を吐《つ》いた。
「フン……こんなガキに欲情するなど理解できんな。まあ、金をもらったところで返すと
は言ってないからなぁ。貰うもの貰った後は、好きにしろ」
「ひゃっふぅ！　テンション上がってきたぜぇ！」

どこまでも下卑た視線を向ける男に対し、佳澄はますます身を硬くする。

どこまでも卑劣なハイジャック犯たちに対し、佳澄は目をぎゅっと瞑《つぶ》りながら、助けがくるのを祈り続けた。

「（父さん、姉ちゃん、助けて……！）」

その時、佳澄はふと背後にある窓に気づいた。

「（いっそのこと、この窓から飛び出せたら……）」

無理だと分かっていても、ついそんなことを考えながら佳澄が窓の外を見た……その時だった。

「…………え？」

窓の外に、青年と女性、二人の人間が飛行機に並ぶようにして立っているのが見えた。

「え、な……え？」

ここ、空の上だよね？　何で人が？　どういうこと!?

混乱する佳澄。

そんな佳澄に気付いた片方の青年が、苦笑いしながら手を振ってきた。

思わず青年に釣られて手を振りながら、佳澄は慌てて首を振る。

何が起きてんだ!?　なんか窓の外にすごいイケメンと変わった髪の女の人がいたけど

……ウチの幻覚⁉

一人で混乱し続ける佳澄だったが、突然、飛行機が大きく揺れた。

「きゃっ！」

「な、何だ⁉」

「おい、ちゃんと操縦させやがれ！」

犯人たちも突然の揺れに怒鳴り声を上げていると、操縦席の方から犯人の一人が慌ててやって来た。

「き、聞いてくれ！　な、なんでか知らねぇが、飛行機が着陸しやがった！」

「はあ？」

「着陸って……ここ空の上だぞ⁉」

「で、でも本当なんだって！　さっきから全く操縦が利かねぇ上に、着陸したみてぇにその場から全く動かないんだ！」

仲間があまりの剣幕でそう言うので、犯人たちもすぐに窓際に駆け寄り、外を見る。

すると――――。

「な、何だよ、これ……！」

「おいおい、このゴツゴツした陸はなんだ⁉」

「そもそも陸なのか⁉　暗い紫色だし……どう見てもおかしいだろ！」

この騒ぎは犯人たちや佳澄の間だけでなく、他の乗客たちの間でも広がり、大きな騒ぎとなっていく。

「チッ……おい、テメェら！　乗客を黙らせてこい！」

「お、おう」

犯人たちが他の乗客のいる場所まで急いで移動しようとした瞬間――――。

「ぐあああああああ⁉」

「なっ⁉」

たった今、乗客たちのいる方に向かったはずの犯人の一人が、大きく吹き飛ばされて戻って来たのだ。

あまりにも訳の分からない状況に、誰もが混乱する中、佳澄の方に一人の男が近づいて来る。

それは――――。

「あ、さっきの！」

「あ、はい」

佳澄に指さされ、困ったような笑みを浮かべる優夜だった。

＊＊＊

――俺がまだ、飛行機に突入する前。

俺たちは一度、繁華街から近くの公園まで移動した。

オーマさんのいたずらな笑みとともに提案されたその内容は、オーマさんが本来のサイズに戻り、その背に乗ってハイジャックされた飛行機の下まで向かうという、とんでもないものだった。

確かにそれができれば問題なく空を飛んで行けるが、そんなことをすればオーマさんの存在が間違いなくバレるわけで……。

『何を悩んでおる。どうせ、そこの小娘の機械で人間の記憶など消せるだろう』

〈ええ、消しましょう〉

「そんなサラッと⁉」

確かに副作用がないなら別にいいけど！　そんなに簡単に記憶を消すとか言わないでほしいよね！

「で、でも、もしハイジャック犯が暴走して、飛行機が墜落するようなことになれば……」

『ならば、我の背に固定してしまえばいい』

「は？」

これまたとんでもない発言に固まっていると、オーマさんが続ける。

『そもそも我がこの大きさになっているのは、どうしてか覚えているな？』

「は、はい。【大小変化の丸薬】の効果で……あ！」

『気付いたな？　あの薬を飲んだことによって、我は元々の大きさよりさらに大きくなることもできる。そうすれば優に飛行機とやらも背に載せることができるだろうよ』

確かに、オーマさんの本来の姿の時点でも十分すぎるほど大きいのだが、それがさらに巨大化するとなると……どうしよう、想像できない。

『もちろん、我の背に乗せるだけでは風圧で吹き飛んでしまうだろうからな。そこは我の魔法でちゃんと固定してやる』

「オーマさんすごい！」

『フハハハハ！　そうだろう、そうだろう！　我は創世竜《そうせいりゅう》だからなぁ！』

「あ、そうでした！」

『忘れてたの⁉』

いや、忘れてたわけじゃないが、こう……創世竜としての実力的な部分はあまり見る機会がなかったもので……。

「ま、まあいいじゃないですか！　それなら早速行きましょうよ！」

『むぅ……何だかはぐらかされたようだが……まあいい。では、少し離れていろ……！』

オーマさんはペット用の服を脱ぎ捨てると、その場でどんどん大きくなっていく。

もはや周囲に隠すつもりもなく巨大化していくオーマさんの様子に、周囲の人たちは目を見開いた。

「な、なんだあ⁉」

「ど、どうなってんだよあれ⁉」

「ど、どど、ドラゴン⁉　ウソだろ⁉」

「ちょっ……写真写真！」

皆が慌てて写真や動画を撮り始めると、メルルさんが大きくなったオーマさんの背に飛び乗りながら、淡々と告げた。

〈はい、では削除しておきますね〉

「え――――あ……」

「あ、あれ……？」

近くにいた人たちの目がだんだんと虚《うつ》ろになり、ぼーっとし始める。え、本当に副作

用ないんだよね？　大丈夫なんですよねぇ⁉

『何をしている。さっさと乗れ』

〈そうですね。今は記憶操作の影響で意識が混濁してますが、また覚醒してしまうと再び記憶を削除する必要が……〉

「わ、分かりました！」

いくら副作用がないとはいえ、何度も何度も記憶を操作されるのもよくないだろう。

俺は慌ててオーマさんの背に飛び乗ると、オーマさんは笑みを浮かべた。

『乗ったな？　では──』

「ま、待ってください！　ちゃんと摑《つか》まらないと風で──」

オーマさんが翼を広げたと思った次の瞬間……何と俺たちはすでに雲の上にいた。

「う、ウソ……」

『フン。我をそこら辺のドラゴンと一緒にするな。空に舞い上がるなど造作もないことよ』

「す、すげぇ……」

空に飛び上がる衝撃をまったく感じさせず、次の瞬間には、俺たちの視界は雲の上にあったのだ。

これにはメルルさんも驚いているようで、呆然《ほうぜん》としている。

〈お、オーマさんって一体何者なんですか……何の衝撃もなく、一瞬でここまで上昇するなんて……〉

『フン。我が何者かなど、他者に測れるはずがなかろう？　それよりも……見えてきたぞ』

「え？」

オーマさんの言葉に釣られて前を向くと、そこに一機の飛行機が見えた。

『あれがハイジャックされた、飛行機とやらか？』

「そうですね。オーマさん、あれと並んで飛ぶことできますか？　一応、窓から中の様子を確認したいので……」

『いいだろう』

オーマさんは静かに加速すると、一瞬で飛行機の真横に並ぶ。

その飛行はどこまでも静かで、少しも衝撃を感じなかった。

『どうだ？　中の様子は……』

「えっと……」

窓の中に視線を向けると、何だかいかにも犯人ですと言わんばかりに目出し帽をかぶった男たちが、銃を持った状態で歩いているのが見えた。

「……うん、どうやらこの飛行機で――――」

そこまで言いかけると、一人の女の子が窓の外にいる俺たちに気付いたようで、こっちを呆然と見つめているのが見えた。

あまりにも唖然《あぜん》とした表情を浮かべている女の子に、俺はつい苦笑いを浮かべながら、軽く手を振った。

すると女の子もつられて手を振り返してくれたが、そのあとすぐに頭《かぶり》を振っていた。どうやら目の前の光景が信じられないようだ。そらそうだよなぁ。俺も同じ立場なら自分の目や頭を疑うよね。

『？　おい、ユウヤ。結局どうなのだ？』

「あ、ごめんなさい！　この飛行機であってます！」

『そうか。では早速、束縛魔法でこの飛行機を我の背に固定してやろう……！』

オーマさんはそう言うと、どんどんその姿を大きくしていき、やがて一つの島と見まがうほどに巨大な姿へと変貌した。

そして、そんな巨体でありながら一切の音を立てずに飛行機の真下に移動すると、そのまま浮上し、飛行機を背の上に載せてしまった。

オーマさんは背の上に載せた飛行機に対して、束縛魔法を発動する。

『……うむ。無事、固定が完了した。中のことはユウヤがやれ』

「わ、分かりました！」

オーマさんにここまで手伝ってもらったんだ。失敗するわけにはいかない。

すぐに飛行機に乗り込むため、機体に近づいた俺だったが、あることに気付いてしまった。

「……あれ、これってどうやって中に入ればいいんだ⁉」

そう、飛行機の中に入るための手段が俺にはないのだ。

単純に扉を壊せば入れるが、そんなことをしたら、よく映画とかで見るように、気圧の影響か何かで中のモノが外に吹き飛ばされる可能性もある。

今の俺やメルルさんが普通にオーマさんの背中に立ち続けることができているので、気圧や風圧に関してはオーマさんが手を回してくれていそうだが、念には念を入れたい。

すると、メルルさんが口を開いた。

〈この機体の中に入ればいいんですよね？〉

「え？　あ、はい。何とかできますか？　ただ、入るにしても中の乗客に危険がないようにしたいんですけど……」

〈お任せください。エイメル星の技術はこの星のはるか先を行っていますから〉

宇宙ヤバいって。いや、この場合はエイメル星がすごいのか？　とにかくメルルさんの技術には感謝しかない。

メルルさんがその場で軽く端末を操作すると、飛行機の搭乗口に渦のようなものが出現した。

〈これを潜れば、中に入れますよ〉

「ありがとうございます！」

メルルさんに感謝をしながら急いで機内中に入り、先ほど見かけた目出し帽の男たちの下へ向かおうとする。

その際、ちょうど乗客の人たちがいる通路を歩くことになり、皆《みんな》突然現れた俺やメルルさんを見て、目を見開いていた。

「な、何だ⁉」

「どこから現れた⁉」

すると、通路の向こうから目出し帽の男の一人が姿を見せた。

「は？　おい、何立ち歩いて――――」

男が銃を構えながら何かを口にしていたが、俺はそれを最後まで聞かずに、そのまま一瞬で距離を詰めると、男の胴体に掌底を放つ。

「ぐああああああ⁉」

「なっ⁉」

男は大きく吹き飛び、機内の壁を壊しながらとある区画へと突っ込んだ。

そこには男の仲間らしき他の目出し帽の男たちと、一人の少女がいた。

「あ、さっきの！」

「あ、はい」

女の子は俺を指さしてそう叫ぶと、俺はついそれに反応して手を挙げた。

だが、俺を見て、男たちは一斉に銃を構える。さらに女の子を引き寄せると、その子に銃を突き付けた。

「おい、動くんじゃねぇ！」

「……」

「テメェは……何だ？　どっかの特殊部隊か？　それにしたって、たった二人で来るとはずいぶんと舐《な》められたもんだなぁ？　どうやってここまで来たか知らねぇが、大人しく武装を解除して床に頭を着けろ。さもないとこの女を――」

男がそう言いながら銃をさらに女の子に近づけると、女の子は恐怖で顔を強張《こわば》らせた。

その瞬間、俺は【魔装《まそう》】と『邪《じゃ》』と『聖王威《せいおうい》』のすべての力を解放し、一瞬で女の子を人質に取っている男に近づくと、男をそのまま弾《はじ》き飛ばし、女の子を抱きかかえた。

「ぐぎゃあああああ！」

「え？」

「大丈夫？」

女の子は自分の身に何が起きたのか理解できていないようで、呆然と俺を見つめていたが、やがて自身の状態に気付き、顔を赤くしながら頷《うなず》いた。

ってあれ？　この子、なんとなく佳織に雰囲気が似てるような……。

「もしかして、佳織の……」

「え⁉　ね、姉ちゃんを知ってるんですか⁉」

「あ、いや……アハハハ」

俺の呟《つぶや》きが聞こえた女の子は、目を見開いて俺を見つめた。ヤバい、つい口を滑らせた。

女の子の反応に、思わず誤魔化すように笑ったが、ひとまずこの状況をなんとかしないとな。でもとりあえず、この子が無事でよかった。

「メルルさん、この子を頼んでもいいですか？」

〈ええ、お任せください〉

ひとまずメルルさんに女の子を預けた俺は、一瞬にして人質が回収されただけでなく、仲間が倒されたことで呆然としている犯人たちに視線を向けた。

「後は……貴方《あなた》たちだけですか」

「はっ⁉　お、おい、テメェら！　さっさと殺せ！」

「で、でも身代金《みのしろきん》は……」

「んなもん、どうでもいい！　計画が失敗したんだ。この際、全員道連れにしてやる！　いいからやれ！」

「お、おう！」

男たちはマシンガンらしき銃を構えると、容赦なく俺たち目掛けて放つ。

それは他の乗客や機体のことを気にしない乱射であり、このままだと機内の窓も割れて、他のお客さんにも被害が出るおそれがあった。

なので俺は、放たれた銃弾すべてを丁寧に回収していく。

【魔装】も『邪』も『聖王威』すらも解放している今の俺には、銃弾の速度はとても遅く、余裕をもって周囲に被害が出ないように回収することができた。

男たちは弾を射ちしつくし、ついに弾切れになると、顔を青ざめさせる。

「お、おい、どうなってんだよ……なんで乗客も機体も無傷なんだよ……！」

「こ、こんなの人間じゃねぇ……ここは漫画の世界じゃねぇんだぞ⁉」

確かに俺は他の人から見たら理不尽な存在かもしれない。

でも、それで誰かを救えるのなら、俺は構わなかった。

「――――ハアッ！」

俺は回収した銃弾をその場に捨てると、今度は男たちを次々と昏倒《こんとう》させていき、最終的に操縦室にもいた犯人も含め、全員を拘束することに成功したのだった。

＊＊＊

「つ、疲れたぁ……」

ハイジャック犯全員の拘束が終わり、無事に飛行機の安全が確保されると、俺はすぐにメルルさんと一緒にオーマさんの下に戻り、その場を後にした。

「あ、メルルさん、申し訳ないんですけど、ここにいる皆さんの記憶からオーマさんに関する記憶を消してもらってもいいですか？」

〈はい。任せてください〉

「ありがとうございます！　ふぅ……これで一安心だな」

後始末もこれで大丈夫だろう。

オーマさんも空の旅が予想以上に満足できたようで、ハイジャック犯を倒し終えた後はそのまま帰宅し、俺は家で休むことにした。

「まさかこんなに動くことになるなんて……」

結局、少女の安全を最優先にした結果、『聖王威』まで発動したのである。もう『邪』はいないのにね。

「でもあんな場面で佳織の妹さんと会うとはなぁ」

ひとまず『聖王威』を発動したかいもあって、佳織の妹さんを含めて全員無事に助けられたのだからよかった。

そんな感じで、家でまったり過ごしていると、今日友だちと遊びに行っていたユティが帰ってきた。

「帰宅。ただいま」

「あ、おかえり」

「……質問。ユウヤ、今日飛行機に乗ってた？」

「え？」

予想外の質問に思わず固まると、ユティは続ける。

「視聴。晴奈《はるな》たちと遊んでるとき、ニュース流れてた。飛行機がハイジャックされただけでも大騒ぎだったのに、たった一人の青年がハイジャック犯を倒して解決してしまったって、皆大混乱してた」

「なんで⁉」

そんなバカな！　確実にメルルさんにオーマさん関連の記憶を――――。

「あ……あああああ⁉　オーマさん関連って、俺のことは含んでなかったのか⁉」

思わず声を上げる俺に、メルルさんが首を傾《かし》げながら近づいてきた。

〈何か問題がありましたか？〉

「……あの、オーマさんに関する記憶は消したんですよね？」

〈はい、そうですね。オーマさんについての記憶は完璧に削除しておきました〉

「オーマさんについて……？　も、もしかしてですけど、俺やメルルさんに関しては……？」

〈？　消してませんよ？〉

「やっぱりかあああああ！」

つまり、飛行機を背中に着陸させたり、優雅に空を飛んでいたオーマさんに関しての記録は消したが、飛行機の中でハイジャック犯と戦った俺に関しての記録は消えていないようなのだ。

「メルルさん！　その記録も今すぐ消してください！」

〈……それは難しいですね〉

「…………え？」

〈記憶や記録は、その出来事が起きてからなるべく間を置かずに削除する必要があります。なので今回はもう消すことはできません。こうして結構な時間が経過してしまいましたから……〉

「そ、そんなあああああ！」

宇宙の技術にはもうちょっと頑張ってほしかった……！

「納得。やっぱりユウヤだった」

「うぅ……ど、どうすれば……って、言われてみれば乗客の人たちがいた場所は早めに移動したし、そんなに顔は見られてないのでは……!?」

俺の顔をがっつり見た相手といえば、倒したハイジャック犯と助け出した佳織の妹くらいだ。だ、大丈夫。大ごとにならないと信じてるから……！

心の底ではもう遅いと感じながらも、俺は自分にそう言い聞かせるのだった。

＊＊＊

「――佳澄！」

宝城佳澄が空港に無事たどり着くと、そこには警察や報道関係者などがたくさん集まっていた。

そんな中、佳澄は真っ先に父親の司と姉の佳織を見つけると、二人の下に駆け寄る。

司はそんな佳澄を強く抱きしめた。

「よかった……本当によかったよ……」

「う、うん……心配かけてごめんなさい……」

いつもは元気で気の強い佳澄も、この時ばかりはしゅんとしている。

だが、司は首をゆっくり横に振ると、温かい笑みを浮かべた。

「いや、佳澄が無事ならよかった」

「うん……」

「ところで、一人の青年がハイジャック犯を倒したんだって？」

司がそう訊《き》くと、先ほどまで落ち込んでいた様子がウソのように、佳澄は目を輝かせた。

「そうそう！　すごいよ⁉　超イケメンなお兄さんと変わった髪のお姉さんがいきなり現れたかと思ったら、そのお兄さんが一瞬で犯人たちを倒しちゃったの！」

「ううん……にわかには信じがたい話だが……他の乗客の人たちも青年と少女の姿を見た

と言っているし……」

司は現実味のないその状況に唸《うな》ることしかできない。ただ、佳織はその青年に心当たりがあり、呆然《ぼうぜん》と呟いた。

「変わった髪の女性が近くに……？　まさか……優夜さん……？」

「あのお兄さん、カッコよかったなー！　また会えないかなー？」

「え⁉」

どこか夢見心地な様子で呟かれた佳澄の言葉に、佳織は反応してしまった。

「ん？　姉ちゃん、どした？」

「え？　あ、何でもないです！　それよりも、佳澄が無事で本当によかった……」

「うん、ありがと、姉ちゃん」

佳澄は照れ臭そうに笑いながら、佳織に抱き着くと、元気よく告げる。

「──ただいま！」

「「おかえり」」

こうして、優夜の活躍により、宝城家の幸せは守られたのだった。

第五章　星の核

「えっと……こっちの方角に宇宙船の動力源として使える素材があるんですか？」

『ああ』

「ちなみに、どこに向かってるんですか？」

『着けば分かる』

「そりゃそうでしょうよ……」


翌日。

朝起きて、朝食を食べ終えた俺たちはすぐに出発することになり、オーマさんに先導してもらいながら荒野を歩いていた。

何故《なぜ》急に荒野なのかと思うかもしれない。

だが、別にどこかに転移したわけでもなければ、元の大きさに戻ったオーマさんに連れていってもらったわけでもない。本当に家を出てすぐに荒野を歩いているのだ。

普段、俺たちが住んでいるところは、元々【大魔境《だいまきょう》】の奥の方に当たる部分だったらしい。

【大魔境】の奥地というと、【黒堅樹《こっけんじゅ》】なんかがたくさん生えており、ミスリル・ボアのような強力な魔物もたくさんいた。

それこそ、宇宙船の動力源に使えたかもしれないSS級以上の魔石も奥地で採れたはずなのだ。見たことないけど。

しかし、アヴィスとの戦闘の際に、ヤツの攻撃によって賢者さんの家より奥の森がすべて消し飛び、あれだけ広大だった【大魔境】が更地になってしまったのだ。

だが……。

「ん……？　いっ⁉」

「ユウヤ⁉」

歩いていると、突如足の裏に妙な感触があったので、足を動かした瞬間、たった今まで俺の足があった地面から、天を貫く勢いで樹が生えてきた！

「な、なんだこれ⁉　どうしていきなり⁉」

驚きながら距離をとると、また別の場所に足を置いた瞬間、再び同じ感触が足の裏に。

「ま、まさか……」

とんでもなく嫌な予感がしながら足を移動させると、またも大地を切り裂いて樹が生えてきたのだ！

「ちょっ……どうなってるんですか、これ⁉」

移動する先々で次々と樹が一瞬で生えてきては、そのまま立派な【黒堅樹】へと変貌していく。

「驚愕《きょうがく》。この成長速度、普通じゃない」

〈この土地特有の現象でしょうか……だとしても、不毛な大地からいきなり成樹が生えてくるなんて常軌を逸してます！〉

ユティやメルルさん、それにナイトたちも、いきなり襲い掛かるように生えてくる【黒堅樹】を避《よ》け続ける。

すると、先頭を飛んでいるオーマさんが呆《あき》れた様子で教えてくれた。

『何を驚いている。【大魔境】に漂う魔力量は世界一だ。そこに育つ植物の生命力も尋常ではない。この【黒堅樹】たちは、あの【邪《じゃ》】の攻撃で一度は消し飛んだが、地中に種を残し、ちょっとした刺激ですぐにでも復活できるように準備をしていたんだろう。魔物こそ元の数に戻るには時間がかかるだろうが、自然はすぐにでも復活するはずだ。主らの足による衝撃が、たまたま復活のきっかけになったのだろうな』

「生命力が強いってレベルじゃなくないですか⁉」

芽が出るとかすっ飛ばしていきなり成樹はおかしいでしょ⁉

【大魔境】のありえない生命力に困惑していると、オーマさんが笑った。

『まあ、魔物の数が元通りになるのはまだ先とはいえ、いないわけではないからな』

「え？」

どういう意味か聞こうとした瞬間、俺は魔物の強い気配を感じた。

しかも、その位置は……！

「また足元⁉」

俺たちはすぐにその場から飛び退《の》くと、たった今俺たちがいた地面から、何かがすさまじい勢いで飛び出した！

しかも、今度は樹ではない。

「――キシャアアアアアア！」

「あ、あれは……⁉」

「驚愕。あれは【グラトニー・ワーム】」

「グラトニー・ワーム？」

名前の雰囲気的にヤバそうな気配がすごい。

見た目も恐ろしげで、目のような部分は見当たらないものの、人を十数人は簡単に丸呑《の》みにしてしまいそうなほど巨大な口に、おびただしい量の牙がびっしりと並んでいる。

表皮はヌメヌメ、ブヨブヨしており、まるでミミズを巨大化したような姿だった。

すぐに【鑑別《かんべつ》】のスキルを発動させてみる。

【グラトニー・ワーム】
レベル：5、魔力：2000、攻撃力：100000、防御力：5000、俊敏力：1000、知力：10000、運：1000

「攻撃力十万⁉」

何だそのぶっ飛んだステータスは！　ウサギ師匠以来だぞ⁉　十万超えてるの！

ただ、この魔物は待ち伏せ型の魔物らしく、俊敏力がそこまで高くないのは救いだろう。

それでもヤバいけどさ……。

すると、この世界の魔物を初めて目にするメルルさんは、端末を操作しながら唸っていた。

〈この星の生物ですか……地球とは違う星なのは理解していましたが、やはり生物のパターンも遺伝子情報も大きく異なりますね。それにしても……一生命体がこれほどの力を保

有しているとは驚きです〉

「あの、メルルさん。今さらな質問なんですが、メルルさんは戦えますか？」

〈残念ですが、まだこの端末のバトルモードは使えません〉

「なるほど……それじゃあアカツキ、ここでメルルさんを護《まも》っててくれるか？」

「ぶひ！」

俺がそう頼むと、アカツキは任せろと言わんばかりに前足を上げる。

「ぴ！　ぴぃ！」

『おい、貴様はこっちだ。お前が出るとユウヤの修行にならん』

「ぴ⁉」

アカツキが抜けたことで、その穴を埋めるようにシエルが手伝いを申し出てくれたものの、オーマさんに止められてしまった。うう、シエルの手が借りられたら心強かったが……まあ何となくこうなることは予想できていたので問題はない。

「じゃあユティ、ナイト。俺たちだけだけど、いけるか？」

俺がそう尋ねると、ユティは何とも言えない表情を浮かべた。

「不明。グラトニー・ワーム、伝説の魔物」

「伝説⁉」

「首肯。オーマさんと同じ、おとぎ話に登場するような魔物。確か【七大罪】の一つを冠する魔物だったはず」

「七大罪……？」

それって、地球にある物語にも登場する七大罪と同じじゃつだろうか？　まあグラトニーっていうくらいだし、同じなんだろうけど。

名前的には【暴食】を冠してるってことか。……あってるよね？　詳しくは知らないけどさ。

でもなんで地球の【七大罪】と同じ、もしくは似たような概念がこっちの世界にもあるんだろうか？　不思議だ。

「聞けば聞くほどヤバそうだけど……避けられ……ないよなぁ」

「肯定。確実に狙われてる。動きは遅そうだけど、どんな攻撃手段を持ってるか分からない」

ユティの言葉を聞きながらオーマさんに視線を向けるが、オーマさんはシエルを摑《つか》まえたままこちらには見向きもしていなかった。

『あやつもここ一帯の森が消し飛んだことで餌がなく、腹を空《す》かせていたのだろう。倒さねば食われるぞ』

「……逃げるのは難しいと……」

……さすがのオーマさんも、倒せないような敵だったら流石《さすが》に何か言ってくれるだろうし、おそらく俺たちなら倒せるってことだろう。……たぶん。

「……仕方ない。ユティ、ナイト。俺たちだけでなんとかするぞ」

「肯定。頑張る」

「わふ！」

頼もしい二人の声を合図に、俺は【全剣《ぜんけん》】を取り出しながらグラトニー・ワームへと斬りかかるのだった。

＊＊＊

〈なっ……あの武装は何なんですか⁉〉

優夜たちがグラトニー・ワームとの戦闘を始めると、メルルは優夜の持つ武器を見て、目を丸くする。

『あれは我が友、賢者のヤツが遺したものだな』

〈賢者……？　いえ、それよりも、あんな代物を一個人が作り上げたというのですか⁉〉

『そうだ。ヤツにできぬことなどなかったからな』

〈そんな無茶苦茶な……〉

優夜とは違い、科学技術が究極に発展した星出身のメルルは、様々な物体から溢《あふ》れ出る電磁波などから、その物体が内包する力を推測することができた。しかも、メルルの腕に装着された端末を使えば、より正確に計測することもできる。

そんなメルルが端末を使うまでもなくとんでもないと感じたのは、優夜の手にしている武器と、優夜の家の物置部屋を目の当《ま》たりにしたときだけだった。

設計図を探し求め、様々な宇宙を旅してきたメルルでさえ、あそこまでとんでもない力が渦巻いている場所を他に知らないのだ。

しかも、本来ならあの物置部屋に漂う力の波動だけで、地球だけでなく全宇宙までも簡単に崩壊してしまうはずが、何故《なぜ》かあの空間に、綺麗《きれい》にとどまっているのだ。

それはもはや神の御業《みわざ》と言っても過言ではなく、メルルの知る科学では立証できなかった。

そして、驚きはそれだけで終わらなかった。

「ちょっ……こいつの皮膚、滑って斬れないぞ⁉」

なんと、優夜が【全剣】でグラトニー・ワームに斬りかかるも、グラトニー・ワームの皮膚に刃が上手《うま》く立たず、斬り裂くことができなかったのだ。

〈あの武器が通じないんですか⁉〉

『体内に内包する魔力が少ないから、Ｓ級に認定されているが、実力だけでみれば魔物の中でもトップクラスだからな。伊達《だて》に【七大罪】の名を冠していない』

〈その【七大罪】というのは？〉

『詳しくは知らん。人間どもが勝手に付けた称号のようなものだからな。……いや、賢者だったか？　昔、アイツがどこから考えついたのか、そんなことを口にしていたような……まあいい。とにかくあのグラトニー・ワームのような魔物が少なくともあと六種類、この世界には生息している』

〈あんな生物がまだ六種類もいるんですか⁉〉

オーマから告げられた事実に、メルルは目を見開く。

そんな会話が行われている頃、優夜は【全剣】が通じないと分かると、【全剣】をアイテムボックスに収納し、今度は【絶槍《ぜっそう》】を取り出した。

〈なっ⁉　何なんですか、あの武器は！　あれだけの力を内包した武器は一つではないんですか⁉〉

『ハハハハハ！　それは貴様の常識であろう？　賢者をそんなちっぽけな常識で語るな』

〈私の常識じゃなくて宇宙規模の常識なのですが……〉

メルルはだんだん眩暈《めまい》を感じてきた。

元々はドラゴニア星人から自分の星を守るため、対天体殲滅兵器の設計図を回収しに来たのだ。

それが、こんな何もない辺境の星に、エイメル星のすべての技術が詰まった兵器を超える代物が転がっているとは誰も思わない。

驚き疲れるメルルに対し、オーマは愉快そうに笑った。

『賢者の武器を見て驚くのもいいが、すごいのは武器だけではないぞ？』

〈え？〉

『まだまだ未熟なところも多いが、主……ユウヤにも賢者と似た気配を感じる。我でさえ、アイツの潜在能力は計り知れぬからな』

オーマがちょうどそう告げた時、優夜は【魔装《まそう》】を展開し、さらに自身の中に眠る『邪《じゃ》』の力も解放して、グラトニー・ワームを圧倒した。

だが、グラトニー・ワームは最後の足掻《あが》きとして、その巨体を大きくうねらせて暴れまわる。すると、その余波がメルルへと向かった。

〈あ⁉〉

完全に油断していたメルルは、グラトニー・ワームの激しい動きによって打ち出された石の礫《つぶて》を回避することができない。そのうえメルルはまだ、バトルモードが使えなかった。

「危ない！」

すると、一瞬で優夜がメルルの下までやってきて、そのままメルルを抱きかかえた。

「すみません！　俺の力不足でメルルさんにまで危険が及んで……大丈夫ですか？」

〈え、あ……はい……〉

「そうですか……とりあえず、ここにいてください。今度こそ、倒しますから」

優夜はそれだけ告げると、メルルをさらに離れた位置におろし、そのままグラトニー・ワームへと向かっていった。

その光景にメルルは呆気《あっけ》にとられる。

そんなメルルに対し、オーマは得意げに笑う。

『分かったか？　ヤツのすごさが』

メルルは何も言うことができなかった。

＊＊＊

「つ、疲れた……」

「肯定。休みたい」

「わふぅ」

グラトニー・ワームを何とか倒し終えた俺は、ついしゃがみ込んでしまった。

こちらは傷一つ負っていないものの、やはり十万の攻撃力は脅威であり、一撃でも食《く》らったらダメだと意識しながら戦うのは、とても精神的な疲労が大きかったのだ。

ステータスだけならミスリル・ボアとか、その辺りに近い数値だったが、どう考えてもグラトニー・ワームの方が圧倒的に強かった。

なんせ【暴食】の名の通り、なんでも食うのだ。しかも、食ったものを体の中で圧縮して超高速で吐き出すので、遠近距離攻撃のどちらも強力という……。

さらに、そんな強敵を倒したにもかかわらず、レベルは上がらなかった。マジか……。

すると、俺たちの戦闘を見ていたオーマさんたちが近づいてきた。

『フン。あれくらい、さっさと倒さんか。この前のふんぞり返っていた【邪】でもあるまいに……今の主なら、ヤツくらい余裕のはずだ。それだけ強くなっているのだぞ?』

「い、いや、さすがにアヴィスとは比べ物にはなりませんけど、それでも強かったですし、余裕なんてありませんよ。何なら、今まで戦ってきた魔物の中でもトップクラスですよ……」

『何を言っている。謙遜するのもいいが、日ごろの修行の成果が出ているのも事実。多少

は自身を褒めることも必要だぞ？』

「それは……」

『とはいえ、未熟なのには変わらんがな』

「どっちなんですか⁉」

そう言われたら、自分を褒めていいのか分からないじゃないか。

オーマさんの言葉にため息を吐《つ》きつつ、俺は落ちているドロップアイテムを【鑑別】スキルで見ていった。

【暴食蠕虫《ぜんちゅう》の皮膚】……無限の食欲により、すべてを食らい尽くすと言われるグラトニー・ワームの皮膚。常に滑りやすい粘液が表面から分泌されており、非常に柔らかく、切断は困難。

【魔石：S】……ランクS。魔力を持つ魔物から手に入る特殊な鉱石。

【暴食の掃除機】……グラトニー・ワームのレアドロップアイテム。七大罪の一つ、『暴食』を冠する掃除機。所有者がゴミだと認識した物のみ吸い込む。逆に所有者がゴミだと認識していないものは一切吸い込まない。吸い込む量に際限はなく、吸い込んだゴミはエネルギーへと変換可能。ただし、生体は吸い込むことができない。非常に軽く、吸い込んだゴミをエネルギーに変換して動くため、電源は不要。取り回しのしやすいコードレスク

リーナー。吸引力の変わらない、ただ一つの掃除機。


「何かとんでもないモノが出た⁉」

　皮膚や魔石には特段驚くような要素はなかった。強いて言うなら、グラトニー・ワームの皮膚は【全剣】で斬りつけても表面で滑って、文字通り刃が立たなかった素材だ。魔石も、魔物の強さだけで考えるなら最低でもＳＳ級くらいはいくと思ったが、そうでもないし。んな馬鹿な。あれかな、体内の保有していた魔力量とか関係してるんだろうか？

　まあ倒せたのでそれはいいとして、それ以上に掃除機の存在感よ！

　久しぶりにドロップした日常品シリーズだけど、まさかの掃除機⁉　しかもとんでもないことが書かれてるよ⁉

　……いや、前向きに考えよう。別に悪いものではないんだし、いいじゃないか！　これで掃除が楽になるね！

　ドロップアイテムをアイテムボックスに収納すると、オーマさんが再び先頭になり、さらに先へと進み始める。

『もういいな？　では、先に行くぞ』

「あ、はい。ところで、そこまであとどれくらいですか？」

『何、すぐそこだ』

そう言いながら意味深に笑うだけで、オーマさんは詳しいことは何一つ教えてくれなかった。

そして、しばらくして、オーマさんの言っていたことが本当だったと気付いた。


『ここだ』


「こ、ここって……」

あれから荒野を歩いているとソレは唐突に現れた。

〈この穴は……〉

「驚愕《きょうがく》。こんな大きな穴、初めて見た」

「わふ」

「ぶひ」

「ぴぴ?」

そう、いきなり地面にぽっかりと穴が開いた場所に出たのだ。

しかも、その穴の直径は確認できないほどとてつもなく広い。

その上、落ちないように下を軽く覗《のぞ》き込むと、そこには真っ暗な空間が広がっているだけだった。

とても嫌な予感がするのを抑えつつ、俺はオーマさんに訊《たず》ねる。

「え、えっと……ここって……」

『ああ、ここは【大魔境《だいまきょう》】の最奥部《さいおう》だ。そして今回の目的地でもある。まあ正確には、この穴の奥底なのだがな』

「……」

当たってほしくない予感が当たってしまった。っていうか……。

「いやいやいや、無茶ですよ⁉　見てくださいよ、この穴！」

『ああ、穴だな』

「そういうことじゃなくて⁉　どうやって降りるんですか⁉　そもそもこの穴、一体何なんですか⁉」

色々言いたいことが多すぎて、混乱しながらツッコんでいると、オーマさんは笑った。

『ここは、星の核へと繋《つな》がる場所だ』

「星の核？」

〈なっ⁉〉

イメージが追い付かずに首を捻《ひね》る俺に対して、メルルさんはオーマさんの言葉の意味が正確に理解できたのか、絶句していた。

〈こ、ここが星の核に繋がる穴だというのですか⁉　それも、こんなむき出しの状態で⁉　分かってるんですか？　核は星の心臓と同義ですよ⁉　それがこんなに簡単にたどり着けるような場所に……！〉

『貴様の言う通り、この先には、星の心臓である核がある。だが、勘違いするなよ？　ここは最初からむき出しになっているわけじゃない。あの【邪】のアホのせいでこうしてむき出しになっているだけだ。本来であれば、人がまず来ることはできぬ。なんせ【大魔境】の最奥部なのだからな』

「そ、そうなんですね……」

オーマさんの言葉で初めて分かったが、ここが俺がいずれたどり着きたいと思っていた【大魔境】の最奥部らしい。

……こんな穴があるとはさすがに思わなかったが、この星にとって重要な場所であることには変わらないだろう。

「でも、なんで穴が開いてるんです？」

『昔、賢者のヤツがこの星の核に興味を示してな。とはいえ、さすがに人の多い場所で星の中心まで続く穴を開けるわけにもいかんから、人の迷惑にならない、この【大魔境】の最奥部を選んだのだ。ここならばまず人間がたどり着くことはほぼ不可能だろうし、周囲に人の気配も一切ないからな』

「賢者さん何やってんですか⁉」

そんな興味本位で、星の核まで繫がる穴開けちゃうの⁉　規格外にもほどがありませんか⁉

賢者さんのとんでもエピソードに驚いていると、メルルさんは何かに気付いたように声を震わせる。

〈はっ⁉　ま、まさか……私の船の動力に星の核を使うつもりですか⁉　星の核がなくなれば、この星が滅ぶのですよ⁉〉

「ええ⁉」

突然の『滅ぶ』という単語に驚くも、オーマさんはため息を吐く。

『バカか。さすがの我もそんなことはせん。というより、この星が許さぬだろうよ』

「星が許さない？」

『……そこら辺の説明は面倒だからせんぞ。運が良ければ分かるだろう』

「は、はあ……」

『ともかく、星の核そのものは使わぬ。だが、核の周辺には、核から溢《あふ》れ出たエネルギーの結晶がゴロゴロと転がっているだろう。それを使おうと思ってな』

〈な、なるほど……〉

詳しいことは行ってみないと分からないが、そこにはメルルさんの宇宙船を動かせるだけの何かがあるのだろう。

「でも、この穴の先に行くとして、どうやって降りるんです？　それに、星の中心に向かうってことは……すごく熱いんじゃないですか？」

イメージだが、星の中心って聞くと、マグマがあったりして、とても人が行ける場所には思えない。

しかし、オーマさんは気にした様子もなく穴に視線を向けた。

『まあな。さすがに熱に関しては主らではどうしようもないだろうから、我の魔法で保護してやろう。それと……穴の底に向かう方法だが、正しい手順さえ踏めば大丈夫だ』

「手順？」

『まあ見ていろ』

オーマさんは穴の縁に近づくと、突然体からすさまじい魔力を放出し始めた。

すると、穴の上に魔法陣のようなものが出現する。

『こうして一定の魔力量を注ぎ込めば、穴を安全に降りるための魔法陣が現れる。これに乗れば、落下して死ぬこともなく、安全に星の中心まで行けるのだ』

「な、なるほど……」

オーマさんの説明に頷《うなず》いていると、俺たちの体を青白い光が優しく包み込んだ。

『ほら、主らに魔法をかけたぞ。これで熱気や溶岩で死ぬようなことはない。面倒だが、衣類の保護もしてやろう。これで溶岩に浸《つ》かろうが問題ないぞ。試してみるか？』

「え、遠慮しときます……」

さすがに好き好んで溶岩に浸かりたいとは思いません。

「というより、なんでオーマさんはそんなことを知っているんですか？」

『おい、ユウヤ。我が創世竜《そうせいりゅう》だということを忘れてないか？』

「あ、そうでしたね」

『本当に忘れてたのか⁉』

「い、いえ、その……創世竜ってのは分かってるんですけど、それ以上に、家族って意識が強かったんで……」

『うっ……そ、そんなことを言っても騙《だま》されんからな⁉　まったく……』

オーマさんはぷりぷり怒りながら、魔法陣の上に乗った。

『何をしている！　さっさと来い！』

「あ、はい！」

「羞恥。オーマさん、照れてる」

「え？」

『ユティ！』

オーマさんに怒られながら、ユティは気にする様子もなく魔法陣の上に乗った。

俺やナイトたちも後に続いて乗ると、最後にメルルさんが少し躊躇《ためら》いながら、魔法陣に乗った。

すると、魔法陣はゆっくり下降を始める。

「おお……」

まるでエレベーターみたいだな……。

ただ、進んでいく先が真っ暗な闇の中なので、ちょっと怖い。

しかし、魔法陣は俺の思っていた以上によくできていて、徐々に暗さで視界が悪くなってくると、魔法陣が青白く光り、周囲ははっきり見えずとも皆《みんな》の顔くらいは確認することができた。

そのまま地下に潜って行くと、周囲の景色が一変する。明るく光るマグマのようなものが見え始めたのだ。

『……もうそろそろだな。いつでも戦闘できるように構えておけ』

「え？」

何やら気になることを告げるオーマさんの言葉の意味を聞き返す間もなく、ついに俺たちは最終地点と思《おぼ》しき場所に到着した。

事前にオーマさんがかけてくれた魔法のおかげで何ともないが、周囲は溶岩の海の真っただ中といった感じで、何の対策もせずに降りてきていたらすでに蒸発していただろう。

意図せずして溶岩に浸かるような状況になるとは……。

そんな超危険な場所に来た俺たちだが、メルルさんは周囲を見渡して目を見開いていた。

〈これは……〉

「メルルさん、何かありました？」

〈は、はい。ユウヤさんもよく見てください。周囲に青白い鉱石が……〉

メルルさんに言われて気付いたが、確かに溶岩が渦巻く海の先に、青白く光る鉱物がのぞいているのが見えた。

周りの溶岩に気をとられていて気付かなかったが、あれは何なのだろうか？

そう思っていると、メルルさんが緊張した様子で教えてくれた。

〈あれは……この星のエネルギーの結晶です〉

「え？」

〈正確には、この星の核からあふれ出したエネルギーが結晶化したものなので、持って帰っても直接この星に影響が出るわけではありませんが……それでもすさまじいエネルギー量です〉

「な、なるほど……それで、あの鉱物を使えば、メルルさんの船は動きますか？」

〈はい、間違いなく動くと思います〉

それが聞けたのなら、話は早い。

残念ながら鉱石を掘るためのアイテムなんてものは持っていないが、あれらを持ち帰ればメルルさんは故郷の星に帰れるのだ。

すると、オーマさんがある場所を見るように促す。

『あれを見てみろ』

「え？　……なっ⁉」

オーマさんに促されるまま、その方向に視線を向けると、そこには超巨大な青白い球体が宙に浮いた状態で、回転していた。

その球体には黄色いラインが走っており、脈動するように光が動いている。何だろう、あの有名なアニメ映画の滅びの呪文を唱えたら、飛んでいきそうな感じがする。

『ここがこの穴の最深部であり、あれこそがこの星の核だな』

「あれが……」

「驚愕《きょうがく》。こんなにすさまじい力は初めて……」

ユティの言う通り、メルルさんのようにエネルギーを数値化させたりすることはできないが、それでも目の前の星の核がとんでもない力を秘めているのは、肌で感じ取ることができた。

〈す、すごい……これが、星の核……〉

メルルさんも星の核を見るのは初めてらしく、呆然《ぼうぜん》とそれを見つめている。

『さて、あれが何なのか分かったところで、早速周りにある鉱石を集めるがいい』

「あ、そうですね」

あの星の核に気をとられていたが、俺たちの目的はその核から溢れ出たエネルギーの結晶の方なのだ。

あの核に触れて何かあっても怖いし、あれには絶対に触れないようにしないと……。

そんなことを考えながら早速エネルギーの結晶と呼ばれる青白い鉱物を採掘しようとすると、突然周囲が振動し始めた。

「な、何だ⁉」

突然の事態にそれぞれが警戒態勢をとると、オーマさんが静かに告げた。

『やはりただではくれぬか……』

「え？」

『ユウヤ、気を抜くなよ？　今から出てくるのは――星の守護者だ』

オーマさんがそう言い切った瞬間、周囲のマグマが激しく噴きあがった。

さらに、俺たちが採掘しようとしていたエネルギーの結晶も光り輝き、次々と浮かび上がる。

マグマは大きくうねり、徐々に集束していくと、やがて巨大な塊へと姿を変える。

そして、同じようにして次々とマグマの塊が作られていくと、またさらにその塊が徐々に集まり、そこに周囲に存在していたエネルギーの結晶も加わって、ついに溶岩の巨人へと変貌を遂げた！

「なっ……」

「呆然。何、これ……」

『……フン。昔と変わらぬ――いや、少し大きくなったか？』

俺だけでなく、ユティも目の前の巨人に圧倒され、言葉を失う中、オーマさんだけのんきに巨人を眺めていた。

その巨人は今まで見てきたどんな魔物よりも強い気配を放ち、圧倒的な存在感を俺たちに見せつけた。

「――グオオオオオオオオオオオオ！」

溶岩の巨人が叫ぶと、この星そのものが激しく揺れていると錯覚してしまうほどの衝撃が巻き起こる。

それは俺たちにも襲い掛かる。俺は、その場に踏ん張るので精いっぱいだった。

「お、オーマさん⁉　あれは一体何なんですか⁉」

『言っただろう？　この星の守護者だと』

「守護者⁉」

『ああ。この星のエネルギーを奪いに来た、不届き者どもを駆除するためのな』

「えええええええええ⁉」

さらりと告げられた事実に、俺は絶叫するしかできない。

いや、不届き者って！　オーマさんがいいエネルギー体がある場所を知ってるって言うから来たわけで、不届き者扱いされるなんて聞いてませんよ⁉

まあ星のエネルギーとか言われると、そう捉えられても仕方がない気もしますけど！

事実、それを求めて来たわけですし！

とはいえ、何の対策も心構えもしていなかったため、俺たちは慌てふためいてしまう。

てか、倒せるのか⁉　これ！　星の守護者なんでしょ⁉

仮に倒せたとしても不味《まず》い気がするし……どうすりゃいいんだよ！

『妙なことを考えているようだから先に言っておくが、コイツを倒したところで、この星には何の影響もないぞ。どうせ時間が経《た》てば復活するからな。だから全力でかかるといい。さもなければ……死ぬぞ？』

「そんな……！」

せっかくアヴィスを倒せてめでたしめでたしって状態だったのに！　これから異世界を楽しく観光できるって思ってたのに！

何が悲しくてこんな危険なことをしないといけないんですかねぇ⁉

「くっ……ユティ、ナイト、シエル！　やるぞ！」

「了解」

「ウォン！」

「ぴぃ！」

『貴様は戦ってはならん』

「ぴ⁉」

グラトニー・ワームの時のように、一緒に戦おうとしてくれたシエルはオーマさんによって止められてしまった。

まあ何となく予想はできていたが、メルルさんもまだ端末のバトルモードは使えない。となると、オーマさんたちの近くにいてもらって、何かあったらすぐにアカツキに回復してもらうのがいいだろう。

結果として、グラトニー・ワームの時と同じく、俺とユティ、ナイトの三人で戦うことになった。いや、三人で足りるのか⁉　これ！

「【万槍穿《ばんそうせん》】！」

すぐに【絶槍《ぜっそう》】を取り出して『槍聖《そうせい》』の技を放つと、無数に枝分かれした刺突が溶岩の巨人を襲う。

だが――――。

「グオオオオオオ！」

「ウソだろ……⁉」

巨人は俺の攻撃を受ける直前に身を屈《かが》めたかと思うと、すさまじい勢いでその場から跳びあがった！

数十メートルもありそうな巨体でありながら、とんでもない動きをする巨人に愕然《がくぜん》としていると、巨人が飛ぶことをすでに予測していたユティが、静かに告げた。

「予知。そこにはもう、矢を置いてある」

「グオオオオ⁉」

ちょうど巨人の飛翔《ひしょう》が頂点に達した瞬間、狙いすましたように矢がすさまじい勢いで巨人に突き刺さった。

しかも、ユティによる矢の一撃は重く、巨人の溶岩の鎧《よろい》を破砕する。

「完了。これで――――なっ⁉」

「マジかよ……」

ユティの攻撃を受け、体の一部が破損した巨人だったが、周囲の溶岩が再び浮かび上がると、巨人の体に張り付き、元の姿に戻ってしまう。

「まさか……無限に回復するっていうんじゃないよね？」

嫌な予感を口にしてしまうが、どうみてもそんな感じですね！

完全に元通りになった巨人は、そのまま壁に張り付くと、壁を足場に、一気に俺たち目掛けて飛び掛かってくる。

「グオオオオオオオ！」

「避《よ》けろッ！」

その攻撃を避けるため、全力でその場から飛び退《の》く俺たち。

その直後、先ほどまで俺たちが立っていた地点を容赦なく巨人は叩《たた》き潰した。

「化物。威力がおかしい……！」

「グルル……ウォオオオン！」

隙を窺《うかが》っていたナイトは、巨人が地面に激突した際の隙を逃さず、魔法を使って、圧縮した水の弾を巨人に打ち込んだ。

「ガアアアアア！」

「グオオオオオ！」

ナイトの水魔法を体に受けた巨人。その部分の炎は消失し、一瞬黒い岩肌が見える。

だが、すぐにその部分に炎が灯《とも》ると、何事もなかったかのように動き始めた。

「グオオオオオオ！」

「これなら……どうだ！　【天聖斬《てんせいざん》】！」

【魔装《まそう》】と『邪《じゃ》』の力を解放しながら、アイテムボックスから取り出した【全剣《ぜんけん》】を振り下ろす。

すると、すさまじい光の斬撃が溶岩の巨人へと迫り、巨人の腕を斬り飛ばした。

「驚愕《きょうがく》」

「わふ！」

ユティとナイトもその光景に驚き、目を見開くが、その驚きは別のものへと変わった。

「お、おいおい……冗談だろ？」

溶岩の巨人は俺の攻撃でもダメージを負った様子を見せず、すぐに失った腕を再生させた。

さらに、斬り飛ばした腕は、そのまま動かなくなるかと思えば、周囲の溶岩が加わって、やがて自律して動く腕となり、俺たちに襲い掛かってきたのだ！

「ちょっ……体の一部を切り離すと手数が増えるなんて思わないだろ⁉」

自動回復能力に加え、攻撃手段も増えるとなると、本格的にこちらから攻撃する術《すべ》がない。というか、攻撃するたびに相手を強化してしまうのだからどうしようもない。

必死に溶岩の巨人の攻撃を避けつつ、何か攻略の糸口はないかと【鑑別《かんべつ》】スキルを発動させた。

【星の守護者】

レベル：――、魔力：――、攻撃力：――、防御力：――、俊敏力：――、知力：――、
運：――

「コイツ……シエルと同じタイプか⁉」

数値がないというより、計測不能っていう、めちゃくちゃ強いやつ！

弱点を見つけるために【鑑別】したはずが、むしろ絶望を突き付けられたような気分なんですけど！

攻撃することもできず、ただ逃げ回り続けていると、俺たちの戦闘の様子を見ていたメルルさんが、腕に装着した端末を操作し始めた。

〈ユウヤさん！　私の方でその巨人の弱点を探します！〉

「え⁉　そ、そんなことができるんですか⁉」

〈恐らく可能です！　こうして動いているということは、どこかに必ず心臓となっている部位が存在するはずです！　ですが、それを探すには少し時間がかかります！〉

「わ、分かりました！　じゃあそれが見つかるまでは……ユティ！　ナイト！」

「何？」

「わん！」

「今、メルルさんがこの巨人の弱点を調べてくれてるらしい！　それまで、できる限り相手を刺激しないように時間を稼ぐぞ！」

「困惑。ユウヤ、簡単に言ってくれる。でも……了解」

「わん！」

二人の頼もしい声に笑みを浮かべながら、俺たちは溶岩の巨人との戦闘を再スタートさせた。

「予知。ユウヤ！　二時の方向、攻撃来る！」

「二時の方向って……こっちか！」

ユティが予知してくれるおかげで、余裕をもって巨人の攻撃を避けることができる。

「グオオオオオ！」

「攻撃しちゃいけないってこんなにキツいのか……！」

今まで魔物を相手にするときは、自分の力を出し惜しみすることなく、お互いに命のやり取りをしてきた。

今も、倒すという意味ではそれは変わらない。

だが、相手の弱点を見つけるまでこっちから攻撃できないというのは初めてで、かなり厳しい。

ユティの指示を頼りにしながら、何とか巨人の攻撃を凌《しの》いでいると、巨人が新たな動きを見せた。

「グオオオオオオオオ！」

「何だ⁉」

「ッ⁉　回避！　ユウヤ、ナイト、跳んで！」

言われるがまま、俺もナイトもその場で思いっきりジャンプをすると、巨人は両腕を振り上げ、一気に地面に叩きつけた！

その威力はすさまじく、地面に巨大な地割れを発現させ、その間からはマグマが噴き出ている。もし、地面に立っていたなら、まともに動けなかっただろう。それほどまでの衝撃が地面を襲っていたのだ。

そんな状況下でメルルさんは大丈夫かと視線を向けると、アカツキが【聖域《せいいき》】スキルを展開しており、なおかつ、シエルの青い炎がメルルさんたちを包み込んでいる。どうやら大丈夫みたいだ。

だが、俺たちは人の心配をしているほど、安全な状況にあるわけじゃない。

なんと、地割れから噴き出し、炎をまとったマグマが、まるで一つの意思を持った大蛇のように大きくうねり、巨人と合わせて攻撃してくるようになったのだ！

「ここに来て戦力の追加⁉」

「攻撃！　ユウヤ、炎の蛇は攻撃しても大丈夫！」

「本当か⁉」

「グルルル……ウォオオン！」

ユティの情報を聞いた直後、ふたたびナイトが圧縮した水を炎の大蛇に放った。

すると、その水の弾を受けた大蛇は、どんどん熱を失って、黒ずんだ岩に変わると、そのままボロボロになって崩れていく。

「本当だ！　でも、まだまだ数が多いな……！」

ひとまず巨人より先に、追加戦力である炎の大蛇を目掛けて【万槍穿】を放つ。特に魔力などが込められているわけではないが、【万槍穿】を受けた大蛇はそのまま崩れていった。

水属性の魔法だけでなく、どうやら物理攻撃でも炎の大蛇は倒せるらしい。

そんなこんなで、巨人の攻撃を避けつつ、炎の大蛇をひたすら倒していると、ついにメルルさんが巨人の弱点を見つけた。

〈……ユウヤさん！　その巨人の弱点が分かりました！　巨人の胸の中心にすさまじいエネルギー反応があります！　恐らく、取り込んだエネルギーの結晶がそこにあるのか

と！〉

「胸の中心⁉」

〈はい！　ただ、今までの戦闘で分かる通り、少しずつ胸の部分の装甲を削っても元に戻ってしまいます！　それに、中途半端《ちゅうとはんぱ》に強力な攻撃ですと、今度はあの腕のように分裂する可能性もあります！　なので、一撃ですべての装甲を吹き飛ばすつもりで攻撃してください！〉

「無茶言いますね……！」

ユティの弓や、ナイトの魔法でさえ、巨人の体を覆う溶岩の装甲を削るのが精一杯なのだ。ましてや巨人の胸部装甲は他の部位より分厚い。メルルさんの言葉を聞いた今だから分かるが、エネルギー源がそこにあるから装甲も分厚いのだろう。

「ユティ！　ナイト！　アイツの弱点は、胸の奥にある結晶らしい！」

「確認。胸の奥？」

「わふ」

「ああ！　中途半端に攻撃したらこっちが酷《ひど》い目に遭う！　だから、最高火力で吹っ飛ばす必要があるんだって！」

「……理解。それは私やナイトじゃなく、ユウヤが適任。私たちはユウヤが攻撃できるよう、補助する」

「ウォン！」

何を根拠に俺が適任だと思ったのかは分からないが、ユティには何かが見えたのだろう。

それよりも、こうして任されたからには、自分の仕事を全うしないとな。

一応、あの装甲を吹き飛ばす方法もちょうど浮かんだところだ。

ユティやナイトがそれぞれの攻撃で巨人の気を逸《そ》らしているところで、俺は【魔装】を展開し、さらに【三神歩法《さんしんほほう》】を駆使して巨人の懐《ふところ》に迫った。

「グオオオオ⁉」

すると、巨人も俺たちの狙いが何なのか気付いたようで、ユティたちを無視して俺を潰しにかかる。

だが……。

「無駄。ユウヤの邪魔はさせない……！」

「グルアアアアア！」

ユティは自身の最大奥義《おうぎ》である【彗星《すいせい》】を放ち、ナイトは俺と同じように【魔装】を展開しながら、魔力の込められた爪で巨人の腕を斬り裂いた！

「グオオオオオオ⁉」

ユティたちの攻撃で隙のできた巨人に対し、俺はついに懐に潜り込むことに成功する。

そして――――。

「【天聖斬《てんせいざん》】……！」

巨人の懐に潜り込んだ俺は、巨人の眼前に飛び上がると、イリスさん直伝の技で、巨人を頭の先から真っ二つにする勢いで【全剣《ぜんけん》】を振り下ろした。

だが、星の守護者という肩書きは伊達《だて》ではないようで、【天聖斬】の一撃でも巨人の装甲を斬り裂くことしかできず、胸の奥に隠されていたエネルギーの結晶は無傷だった。

ただ、巨人の装甲を引きはがすことには成功したようだ。

「驚愕。あれを受けて、中は無事……!?」

ユティは完全に今の攻撃で倒せたと思っていたようで、未《いま》だに動き続ける巨人に戦慄している。

しかも、爆散したはずの溶岩が再び集まり出して、エネルギーの結晶にまとわりつこうとし始めた。

「駄目！　止めないと……！」

「わん！」

ユティとナイトが慌てて集まりつつある溶岩を攻撃しようとしたところで、まだ空中にいる俺は、武器を【全剣】から【世界打ち】に持ち替えていた。

「――――そっちが星なら、こっちは世界だ！」

【魔装《まそう》】と【邪《じゃ》】の力をフル活用しながら、手にした【世界打ち】をむき出しになった巨人のエネルギーの結晶体へと叩《たた》き込む。

瞬間、すさまじい破裂音と共に、エネルギーの結晶は爆散した。

なんせ俺の全力をもって、世界と同質量の一撃を叩き込んだのだ。無事であるはずがない。

俺に結晶を粉々に吹き飛ばされた巨人は、そのままボロボロ崩れ落ちると、ようやく完全に沈黙したのだった。

「お……終わったあああああああ！」

俺は思わずその場に座り込むと、ついついそう叫んでしまった。

か、勝てた！　いや、本当にどうすればいいのかと思ったけど、何とか勝てたよ！

アヴィスのときもとんでもない絶望感だったが、今回はまた違った絶望感だったな。だって星の守護者だよ？　どう戦えばいいのか分からないだろう。

それでも倒せたのは、ユティたちの協力と、メルルさんが弱点を教えてくれたからに他ならない。

ユティたちも疲れ果てた様子でその場にしゃがみ込んでいると、戦いの成り行きを見守っていたオーマさんが近づいてくる。

『フン。ようやく終わったか』

「い、いや、ようやくって……あんなの普通勝てませんよ……」

『バカなことを言うな。勝てぬような相手と戦わせたりはせん』

「ほ、本当ですか……？」

ウサギ師匠もそうだけど、オーマさんも修行という面に関してはあまり信用できない。だって二人とも自分基準で物事を考えてるから、俺らからしたらとんでもなく大変なことも余裕でできるって勘違いしてるんだもん！

つい恨めしげにオーマさんを見ていると、オーマさんは笑いながら呟いた。

『ククク……倒せたのだからよいだろう？　それと……お前も黙ってないでそろそろ声を聴かせてもいいのではないか？』

「え？」

オーマさんが虚空《こくう》に向かって語り掛ける様子に驚いてしまう。

『フッ……さすがに星の中心までくれば、ユウヤたちにもお前の声が聴こえるだろう。なあ――アルジェーナよ』

『――相変わらずですね、創世竜《そうせいりゅう》』

突如、柔らかい女性の声が、俺たちの脳裏に響き渡るのだった。

第六章　驚愕の真実

「あ、アルジェーナ？　なんなの、この声は……」

突然聞こえてきた女性の声に驚いていると、どうやら俺だけでなく、この場にいる全員にもこの声が聞こえているようで、皆《みんな》、声の主を探すように周囲を見渡していた。

特にメルルさんに至っては、これ以上ないほどまで目を見開いている。

〈ほ、星の声……！　そんな……それじゃあこの星は、原始宇宙時代から時を重ねているというのですか⁉〉

「メルルさん……？」

一人、思考の海に沈み、何かを呟《つぶや》くメルルさん。どうやらメルルさんは、この状況を俺たち以上にとんでもないこととして認識しているようだ。

こんな事態に、ユティも言葉を失い、茫然《ぼうぜん》としている。

それよりも、一体どこから声が聞こえているんだ？

そんな俺たちをオーマさんはおかしそうに笑う。

『ククク……探しても見つからんさ。今、お前たちが立っているこの星こそ……アルジェーナだ』

「!?」

オーマさんの言葉に、俺たちは絶句した。

つまり、この声の主は、星そのものということになる。

すると、女性の声――――アルジェーナさんの呆《あき》れた声が聞こえてきた。

『そういう人を小馬鹿にするところも変わってませんね。だからゼノヴィスにやられるんですよ』

『なっ!? や、ヤツは特別だろう!? ヤツ以外に負けはせん！』

「え、えっと……」

完全に置いてけぼり状態の俺たちが困惑していると、アルジェーナさんは突然俺に声をかけてくる。

『そこにいる青年が、ユウヤですね』

「え!? あ、は、はい！ ってあれ？ どうして俺の名前を?」

俺たちの戦闘場面を見ていたのなら分かるのかもしれないが、俺から名乗った覚えはない。

アルジェーナさんが俺の名前を知っていることに驚いていると、アルジェーナさんはおかしそうに笑う。

『……フフ。これまた懐《なつ》かしい気配です』

「な、懐かしい……ですか？」

『ええ。ヨルノスケは元気ですか？』

「え⁉」

アルジェーナさんの口から語られた名前に、俺は驚愕《きょうがく》する。

だってその名前は……！

「お、おじいちゃんを知っているんですか⁉」

そう、アルジェーナさんが口にしたヨルノスケとは、俺の祖父である天上夜之助《てんじょうよるのすけ》に他ならなかったのだ。

驚く俺に対し、アルジェーナさんは優しく告げる。

『よく知っていますよ。貴方《あなた》の祖父であるヨルノスケのことは……』

「そんな……」

アルジェーナさんの言葉を聞いて、俺はとても信じられなかった。

何故《なぜ》なら、俺は【初めて異世界を訪れた者】という称号を持っている。つまり、おじいちゃんがこの世界に来ていたら、それは矛盾していることになるのだ。

するとアルジェーナさんはそんな疑問に答えてくれた。

『ああ、貴方の所持している称号が気にかかるのですね。その称号は間違ってはいませんよ。私は直接ヨルノスケと会ったわけではないですから』

「直接？　それに、どうして俺の称号のことを……」

『フフフ……この星の上で起こる出来事の何もかもを、私は知っています。ですから、ユウヤがこの世界をどのように歩んできたのかも……』

「な、なるほど……？」

よく分からないが、オーマさんの言う通りであれば、アルジェーナさんはこの星そのものなわけで、この星の上で行われていることのすべてをアルジェーナさんは知っているのだろう。もしかすると、『聖《せい》』の称号とかも、アルジェーナさんが与えているのかもしれない。

『もちろん。【聖】も私が選んでいます』

「え⁉」

心を読んだ⁉

予想外の現象にさらに驚くと、アルジェーナさんはおかしそうに笑った。

『だから言ったでしょう？　私はこの星のすべてを知っています。つまり、この星にいる貴方たちの思考も、すべて分かるのです』

「す、すごい……」

『フン……何がすごいものか。悪趣味なだけであろう』

『それはお互い様ですよ、創世竜。いえ……今はオーマですね』

『……好きに呼べ』

オーマさんは面白くなさそうにそう言うと、その場に寝転がる。そ、そうか。オーマさんってこの星が生まれたときから生きてるから『創世竜』なわけで、いわばアルジェーナさんと幼馴染《おさななじみ》なのか。星と幼馴染って字面《じづら》がすごい。

「えっと……アルジェーナさん。先ほど、おじいちゃんと直接会ったことはないとおっしゃっていましたが……それはどういう意味なんでしょうか？」

『そうですね……ヨルノスケはユウヤのように、自分の身体でこの世界に来ていたのではなく、ゼノヴィスの魔法によって、夢という形で精神体のみ、この世界にやって来ていたのです』

「精神体？　それにゼノヴィスさんって……」

『ゼノヴィスは貴方もよく知る、人間たちから賢者と呼ばれている者ですよ』

「や、やっぱり……！」

何となく話の流れから察していたが、初めて賢者さんの名前を知った！　てか、おじいちゃんと賢者さんって知り合いだったの⁉

『そうですよ。ゼノヴィスは一度、魔法の実験に失敗し、偶然にも異世界へと渡りました。それがヨルノスケのいた世界……つまり、ユウヤの暮らす星というわけです』

「け、賢者さんが地球に……」

『ヤツがチキュウに……⁉　……いや、ヤツならやりかねんな』

アルジェーナさんから告げられた衝撃の事実に、俺だけでなくオーマさんも驚いていた。

オーマさんの言葉に思わず顔を引きつらせていた俺だったが、ふとあることに気付く。

「で、でも、賢者さんならやりかねないんですね……。

「で、でも、賢者さんってはるか昔の人なんですよね？　どう考えても二人の生きていた時代が合わないんですが……」

おじいちゃんは少し前までは生きてたけど、賢者さんは何百年も前の人物なんだよな？　どう考えても時系列が合わないと思うけど……。

『簡単な話です。この世界と、あなた方の暮らす世界とでは、本来、時の流れが違うのです。そんな中、ゼノヴィスは世界を渡るだけでなく、時間すら超越してヨルノスケと出会ったんですよ』

賢者さん、何でもありですね⁉

さすが神様に勧誘されるだけのことはある……。

『そして、本来繋《つな》がるはずのないふたつ世界が、ゼノヴィスが亡《な》くなってから数百年後……現在、貴方の暮らしている家……正確には昔のゼノヴィスの家ですが、そこに出現した扉によって、繋がったのです。これにより、この世界の時の流れと、貴方の世界の時の流れも繋がったわけですね』

「な、なるほど？」

ちょっと話が難しく、完璧には理解できなかったが、何となく分かった……気がする。

『残念ながら、私はこの星で起きている出来事はすべて把握できるものの、さすがに他の星のことまでは把握できません。ですから、ゼノヴィスが貴方の住む星で、どのような体験をしたのかは、彼が戻って来てから聞いた話以外では知りようがないのです』

サラッと言ってますけど、地球のことまで把握できないとしても、この星でのことはすべて把握してるって普通に考えるととんでもなくないですか？

『彼はこの世界に戻ってきたあと、もう一度ヨルノスケのいる世界へ行こうとして究極魔法を創り上げました。ですが、その魔法は非常に危険なもので、下手をすると両世界共々破滅する恐れがありました。ですからゼノヴィスは完成したその魔法を、公表も行使もすることなく、そちらの世界からヨルノスケの精神体をこの星に招待することに決めたのです。……ユウヤの住む世界は、この世界とは違い、危険が少ないのでしょう?』

「そ、そうですね」

『それもまた、ゼノヴィスがヨルノスケの精神体だけを招待した理由の一つでもあります。精神体だけであれば、この世界の魔物から攻撃を受けても傷一つ付きませんからね。まあゼノヴィスと一緒にいて、傷を負う可能性があるのかと言われると、何とも言えませんが……』

この星そのものであるアルジェーナさんにすらそう評価される賢者さんってどんだけヤバいんだ。

『とにかく、ゼノヴィスと親交のあったヨルノスケのことは、私もよく知っています。ところで、ヨルノスケは元気にしてますか?』

「あ……その、おじいちゃんは……」

つい言いよどんでしまうと、俺の心を読んだであろうアルジェーナさんが静かに告げる。

『……なるほど。時が経《た》つのは何とも早いものですね、オーマ』

『フン……我はユウヤの祖父は知らんので何とも言えん。だが、友を失うのには慣れんよ』

『……そうですね』

どこかしんみりとした空気が、オーマさんとアルジェーナさんの間に流れた。

この二人は生まれた時からずっと一緒で、それと同時に色々な命の終わりも見てきたのだろう。賢者さんは神様に選ばれたから、不老不死になる可能性もあったらしいけど……。

『そうですね。彼の才能は人間と呼ぶには少し外れすぎてましたから』

「その……神様なんて本当にいるんですか?」

『もちろん、いますよ。ただ、ここより上の次元にいるので、私たちが認識できることはありません。彼らもまた、私たちを気にかけることもないでしょう』

「それはどういう……」

『彼らにとって、貴方たち人間や他の生き物がどうなろうと、どうでもよいのです。そもそも私たちは、彼らによって生み出されたのではなく、無から生まれた存在ですから。接点がそもそもありません。ですが……ゼノヴィスは、その次元の壁をも越えてしまったので、彼らの方からゼノヴィスに接触してきたんですよ』

いや、本当に賢者さんすごいな⁉　どんな人生を歩んできたのか見てみたいくらいだ。絶対に賢者さんが主人公の話とか面白そうだし。

『そうですね……彼は交友関係も含めて、非常に面白い人間でしたよ』

『そうだな。なんでもできるくせに、唯一人間と関わることを苦手としていたからな。そこがヤツの人間らしいところでもあったのだが……』

『ええ……ああ、このままだとずっと話せてしまいますね。これもオーマ、貴方が顔を出さないからですよ？　皆はここに来なければ私とは会話ができませんし、そもそもここにたどり着くだけの実力を持つ者がいないんですから。私だって話し相手がいないのは寂しいのですよ？』

『我がどこにどう顔を出そうが我の自由だ。だがまあ……今は近くに住んでいるのでな。気が向けば顔を出してやろう』

オーマさんはどこか照れ臭そうにそう言った。確かに、賢者さんの家からここまでそんなに遠くはないよな。今はちょうど【大魔境《だいまきょう》】も綺麗《きれい》サッパリしてるし。

『いけませんね、歳《とし》をとると長話をしてしまいます……それでは……メルル』

〈は、はい⁉〉

突然声をかけられたメルルさんは、体を硬直させながら返事をした。

本当ならメルルさんはこの星の住人じゃないので、言葉は分からないはずだが、アルジェーナさんからしてみれば、そんな言葉の壁は優に越えられるのだろう。というより、脳みそに語り掛けてる感じだから、意味を正確に伝えることができるんだと思う。

『貴女《あなた》はここに、エネルギーの結晶を取りに来たのですよね？』

〈は、はい……〉

『どうぞ、お好きなだけ持って行ってください』

〈え、そんなあっさりといいんですか⁉〉

『いいですよ？』

あっさりと告げられたその言葉に、メルルさんは呆《ほう》けてしまう。すると突然、俺たちが倒した溶岩の巨人の残骸が……というより、俺が粉々にしたエネルギーの結晶が光り輝き始めた！

それらは空中に浮かび上がると、そのまま合体していく。その瞬間、すさまじい光が辺りを包んだ。

あまりの眩《まぶ》しさに、顔を腕で覆いながら、光が収まるのを待つ。徐々に光が弱まっていくのを感じて視線を戻すと、そこには一つにまとまった結晶があった。

〈これは……〉

『貴方《あなた》たちがこの巨人を倒したことに変わりはありません。ですから、この結晶を持っていくのは構わないのですが……先ほどの状態だと持ち帰りにくかったでしょう？　ですから一つにしました』

そんな簡単に一つにできるなんてとんでもないな。いや、元々はアルジェーナさんから溢《あふ》れ出たエネルギーが結晶化したものなんだし、一つにするのはそんなに大変でもない……のか？

『簡単なことですよ』

「また心を読まれた……」

『フフ……こればかりはそういうものですから。それとユウヤさん。貴方には別の物をお渡ししましょう』

「え？　べ、別の物？」

すると今度は、元々この空間に存在していた、あの某アニメ映画に登場しそうな巨大な球体が、激しい光を放つ。

その光はやがて一つに集束していき、そのまま俺の体にスルリと入り込んだ。

その光を見て、オーマさんは片眉を上げる。

『ほう？　ずいぶんと奮発するな？　アルジェーナ』

「えっと……今のは？」

『貴方に星の加護を与えました』

「星の加護？」

『はい……【聖邪開闢《せいじゃかいびゃく》】の力です』

「せ、聖邪開闢……？」

『ええ。私……この星では【聖《せい》】と【邪《じゃ》】による争いが行われています。それはユウヤもご存じですね？』

「は、はい」

『貴方たちからすれば、何故《なぜ》【邪】のような存在が生まれるのか……また、何故それを放置するのかと疑問に思われることでしょう。ですが、星が営みを続ける上で、負の力も正の力も、どちらも存在している必要があるのです。どちらかがなければ、貴方たちも存在することができないのですよ』

「それは……」

『とはいえ、世の中に流れる力の強さで言えば、圧倒的に【邪】の方が強いでしょう。人々は、喜びの感情よりも、怒りの感情をはるかに強く抱きやすいものですから』

「……」

自身が『復讐《ふくしゅう》』という怒りの感情に振り回された過去を持つユティは、アルジェーナさんの話を黙って聞いていた。

『ですから私は、人々が【邪】に対抗できるように、様々な手段を施しました。それこそが【聖】というシステムであり、そこにいる赤毛の豚……アカツキのような聖獣なのですよ』

「ふご？」

「わふ！」

「ぶひっ」

話を振られるとは思っていなかったアカツキは驚いていたが、ナイトに尊敬の目で見られると、調子に乗って胸を張った。アカツキもすごいが、ナイトもすごいからね？

『そういうわけで、この星では、他の星と比べて【聖】と【邪】の力が大きく影響しあっています。ですから、私の加護を受けたユウヤは、その身に眠る【聖】と【邪】の力、その両方を一個人としての力ではなく、この星の力として使うことができるようになるでしょう』

「い、いま以上強くなるんですか⁉」

『大丈夫ですよ。強くなるのと合わせて、ユウヤが【邪】に取り込まれにくくもなっていますから。ですから、今まで通りに【邪】を使っても、暴走してしまうおそれはほぼないといえるでしょう』

「そ、それは確かにありがたいですが……」

今でも持て余し気味なのに、これ以上強くなって……どうしろと？

すると、今まで俺の中で眠っていたクロが目を覚ましたようで、慌てた様子で声をかけてきた。

『お、おい、ユウヤ⁉　何かオレの力が急に滅茶苦茶《めちゃくちゃ》強まった気がするんだが……お前、また【邪】に取り込まれそうになってんのかよ⁉』

「え？　あ、だ、大丈夫だよ。たった今、この星から加護をもらって強化されただけだから」

『それはそれでどういう状況なんだよ⁉』

確かに。口に出してみればみるほど訳が分からないな。何だ、星から加護をもらうって。

『……まあいい。とりあえず、【邪】に呑《の》み込まれそうとか、そういう話じゃねぇんだな？』

「うん。むしろ、クロの力を使っても暴走しにくくなったみたいだ」

『そうか……ならいいけどよ』

少しほっとした様子のクロに、俺は思わず訊《き》いてしまう。

「もしかして、心配してくれてた？」

『ばっ⁉　んなわけねぇだろ⁉　バカなこと言ってんじゃねぇよ！　こ、これは……あれだ！　お前が簡単にオレの力に取り込まれてもつまらねぇから言ってるだけだからな⁉　勘違いすんじゃねぇぞ！』

まくし立てるようにそう告げたクロは、再び俺の中へと引っ込んだ。うーん、これはしばらく声をかけても反応してくれなそうだな。

そんなやり取りをしていると、俺の心が読めるアルジェーナさんは柔らかい声で言う。

『……ユウヤ。貴方は自身の【邪】の力と、対等に向き合えるのですね』

「え？　ま、まあクロには助けてもらってますから……」

一度『拳聖《けんせい》』との戦闘で暴走したときも、クアロと戦うときも、クロには助けてもらったし、今となっては俺の大切な体の一部として認識している。

『その心があれば、私の加護も使いこなせるでしょう』

「は、はい。頑張ります」

『フフフ……やはり長々と話してしまいましたが……貴方たちにもそれぞれやることが残っているでしょう。自分のやるべきことを見定め、進みなさい』

「は、はい！」

『それでは、オーマ。あとは頼みましたよ？』

『フン。我は我のやりたいことをやるだけだ』

『まったく貴方ってドラゴンは……』

最後にオーマさんに対して呆《あき》れたように笑いながら、アルジェーナさんの声は聞こえなくなった。

しばらくの間、その場で感傷に浸っていると、オーマさんが口を開く。

『おい、ここでの用は済んだ。さっさと帰るぞ。我は腹が減った』

「わ、分かりましたよ」

『それと、その結晶を忘れるなよ？　元々はそれを取りに来たんだからな』

何か色々なことが起こりすぎて本来の目的を忘れかけていたが、オーマさんの言う通り、このエネルギーの結晶を取りに来たのが一番の目的だったのだ。それを置いて帰ったらどうしようもない。

〈どうしましょう……いつもなら、亜空間転送技術で問題なく回収できるのですが、あいにくそこにリソースを使ってしまうと他の機能が……〉

「それなら、俺のアイテムボックスで運びましょうか？」

〈アイテムボックス……そういえば、ユウヤさんは私たちとは違う、不思議な技術でモノを運べるんでしたね。それでは、お願いしてもいいでしょうか？〉

「はい。お役に立てるようでよかったです！」

ひとまずエネルギーの結晶を俺のアイテムボックスに収納すると、俺たちはこの穴の底から脱出するのだった。

『彼は……数多《あまた》の世界を超えていくのでしょうね』

――背後で小さく呟《つぶや》くアルジェーナさんの言葉を、俺は聞き取ることができなかった。

第七章　急襲

優夜《ゆうや》たちが穴の底から帰還している頃、宇宙ではドラゴニア星人の第三部隊が艦隊を率いて、地球へと迫っていた。

第三部隊の旗艦である宇宙船内の操縦室には、巨大なホログラムが浮かび上がっており、そこには地球が映し出されている。

〈隊長！　消えた部隊の痕跡、確認できました！　やはりこの星を訪れていたようです〉

〈そうか……〉

部下の言葉を受け、静かに頷《うなず》く隊長――ドラード。

彼はドラゴニア星人の君主であるドラコ三世の命を受け、地球付近までやって来ていた。

〈その部隊の船の信号は？〉

〈残念ながら、そちらは観測できませんでした……〉

〈……やはり我が主《あるじ》の言う通り、この星に我らに対抗しうる存在がいる、と〉

ドラードはそう呟きながらも、その口元には笑みを浮かべていた。

ドラゴニア星人はこの宇宙の覇権を握るため、数多くの星々を侵略し、今も大艦隊を率いて宇宙を放浪していた。

というのも、ドラゴニア星人には母星というものが存在していない。

だからこそ、巨大宇宙船が彼らの故郷であり、他の星々を侵略すると同時に、彼らの第二の故郷となりえる星を探していたのだ。

だが、彼らにとって理想的な星は中々見つからず、他の星を侵略しては植民地として利用する日々が続いていた。

今回もまたそうであろうと、ドラードは思いながらも部下に訊く。

〈そうだ。そうそうないとは思うが、一応地球の環境も調べておけ。万が一、我らにとって理想的な星の可能性も――――〉

〈……こ、これは⁉〉

〈――――どうした？〉

突然声を上げた部下に対し、ドラードは眉をひそめる。

すると、部下の一人は声を震わせながら答えた。

〈は、発見しました……この星……地球こそ、我らにとっての理想の星です！〉

〈……何？〉

〈地球が、我らにとって理想的な環境を持つ星だと、観測結果が出ています!〉

〈なんだと⁉ 詳しく説明しろ!〉

〈は、はい! まず地球の大気成分や水質、地質、気温等、どれをとっても我らにとって最適な環境です! さらに周囲の銀河系には外敵もいないという最高の星です! ただ一つ懸念《けねん》があるとすれば、地球の活動を支えている太陽の寿命ですが……〉

〈そんなものは我らの技術でどうとでもできる。だが、まさか本当に我らの理想の星があったとは……〉

〈た、隊長。そしてもう一つご報告したいことが……〉

〈何だ?〉

〈地球のある地点にエイメル星人の電磁波が観測されました!〉

〈何? つまり、まだエイメル星人は地球に居るということか?〉

〈ハッ!〉

〈……どういうことだ? エイメル星人の殲滅《せんめつ》兵器を狙い、この星にやって来たはずの俺の直属の部隊が消え、狙われたはずのエイメル星人はまだ地球にいると……普通ならば、もう逃げていてもおかしくない。何ならそれを予想してエイメル星人の痕跡も辿《たど》るつもりでいた。だが、何らかのトラブルで地球から出られないのだとすれば――〉

そこまで言うと、ドラードは獰猛《どうもう》な笑みを浮かべた。

〈――――最高だ。これ以上ないほどにな！〉

部下たちもドラードの笑みに釣られ、捕食者としての笑みを浮かべる。

〈獲物であるエイメル星人は殲滅兵器を持ち帰ることなく地球におり、さらにその地球が我らの理想の星であるとは……もはや侵略するほかなし！　エイメル星人もろとも先住民どもを殺し、星も、エイメル星人の殲滅兵器も！　我らの物にするぞ！〉

〈はっ！〉

〈まずはエイメル星人だ。地球人どもは放っておけ。宇宙を渡る技術すら持たぬ愚かな連中に、遅れをとるつもりはない。おい、エイメル星人のいる地点は正確に把握できているな？〉

〈はい！　座標、確定しております！〉

〈ならばまずその地点を地球から亜空間に隔離しろ。エイメル星人も大人しくやられはせんだろう。だからこそ、エイメル星人と我々の戦闘でせっかくの理想の星が壊滅しても困るからな。エイメル星人の殲滅兵器を手にしたのち、地球はじっくりと侵略する。いいな？〉

〈ハッ！〉

部下の声に、満足そうに頷いたドラードは、声を張り上げ、命令した。

〈進め！　目標は地球だ。さあ、地球に我らがドラゴニアの旗を立てようぞ！〉

もはや負けることなど微塵《みじん》も考えていないドラードは、ここに来る前にドラコ三世から受けていた忠告をすっかり忘れていた。

ドラゴニア星人に対抗しうる存在の可能性が少しでもあるのであれば、油断はするなということを。

——こうしてドラード率いる第三部隊は、地球へと迫っていくのであった。

＊＊＊

「えっと、直りそうですか？」

〈ええ。大丈夫です〉

アルジェーナさんのところから帰還した俺たち。昼食をとったあと、早速メルルさんは手に入れたエネルギー体を宇宙船へと補給し始めた。

ただ、地球で作業しようにも場所がないため、宇宙船を異世界へと持ち込み、更地となった大魔境で作業することに。

オーマさんは家に帰って昼食を食べるや否《いな》や、そのまま寝てしまった。地球の文化には興味がある割に、メルルさんの持っている最先端の技術には興味がわかないのだろうか？よく分からない。

それに比べ、ナイトたちは俺と同じく、メルルさんの宇宙船の様子が気になるようで、興味深そうに見ている。

そこで感動したのは、宇宙船を収納した特殊な技術と、ナノマシンだった。

なんとメルルさんが腕の端末を操作するだけで、宇宙船が一瞬にして手のひらサイズの大きさに変わり、また操作すると元の大きさに戻るのだ。どういう理屈なのか本当に分からない。

それと俺が気を失っているときに使用したというナノマシンによって、機体の調整がみるみる行われていく。ナノマシンっていうくらいだから目に見えず、傍《はた》から見ると勝手に整備されていくようにしか見えない。

俺とは違い、見るのは二回目のユティも、その光景に感嘆していた。

「驚愕《きょうがく》。メルルすごい。これが空の先、宇宙の技術？」

「そうなんだろうなぁ。こんな技術が当たり前とか……宇宙は広い」

地球も頑張って、宇宙にロケットや人工衛星を飛ばしてはいるが、宇宙を自由自在に旅する技術はまだない。

それに対して、メルルさんやドラゴニア星人は宇宙を自由に行き来しているわけで……普通に考えたら、これだけ技術の差があるわけだし、地球なんて簡単に侵略されてしまいそうだ。

すると、持ち帰ってきたエネルギーの結晶をちょうど機体に装填できたメルルさんは一息つく。

〈ふぅ……何とか終わりました〉

「お疲れ様です！」

〈……いえ、こちらこそ。貴方《あなた》たちには非常にお世話になりました。もし貴方たちの助けがなければ、私は地球から出ることはできなかったでしょう〉

「俺たちも、少しでも助けになったのならよかったです。それで、その……宇宙船、動きそうですか？」

〈ええ。まだ試運転の段階ですが、問題なく出発できそうです。それで、私の船が直ったので、壊れている間は使えなかった機能を使って、この星と地球、どちらの方がエイメル星に近いのか計測してみたのですが……どうやら地球からの方が近いようなので、もう一

度地球に戻りたいのですが、大丈夫ですか？〉

「それはもちろんいいですけど……ただ、地球で普通に宇宙船を出しちゃうと、大混乱になりますよ？」

〈そこは問題ありません。この端末で地球人全員の記憶や記録は操作できますから〉

あ、そんなこともできるんでしたね……宇宙の技術って本当にとんでもないな……。

何かこれ以上聞くと、他にも怖い話が飛び出してきそうなので、これくらいにしておこう。

そんなわけでいざ宇宙船を飛ばすため、地球の家に戻って、外に出る。

だが――――。

「え？」

――――そこには地球の景色ではなく、不気味な何もない空間が広がっていた。

＊＊＊

〈なっ⁉　これは……！〉

そこにはいつもの見慣れた街の景色ではなく、形容しがたい色合いの……様々な色の絵の具が混じりあったような、変な空間が広がっていた。

どう見ても普通じゃない光景に呆然《ぼうぜん》としていると、その空間の一部が歪《ゆが》んだ。

そして……。

「な――――」

〈ドラゴニア星人……！〉

歪んだ空間から、ドラゴンの紋章が掲げられた宇宙船が大量に姿を現した。

その数は、この間襲ってきたときよりもはるかに多い。

しかも、中心にはひと際大きく、ドラゴンのような形をした宇宙船が佇《たたず》んでいた。

《――――お前たちの住処《すみか》はこの亜空間に隔離させてもらった。逃げ場はないと思え》

呆然と宇宙船団を見上げていると、一番大きな宇宙船から声が聞こえてきた。

《ほう？　本当にエイメル星人が残っているとは……やはり俺の部下は倒されたみたいだな》

〈貴方は……〉

メルルさんが宇宙船団を睨《にら》みつけると、その一番大きな宇宙船からホログラムが映写された。

そこには前に襲ってきた奴らと同じ特徴を持つ、長髪を後ろで一つにまとめたドラゴニア星人の姿が。宇宙人なので男性なのかとか中年なのかとか、そういった概念が俺たち地球と同じなのか正確なことは分からないが、見た目だけで言えば時代劇とかに出てそうな、偉い人っぽい貫禄《かんろく》を感じる。

そんな中年のドラゴニア星人はどこか不遜な様子で口を開いた。

《俺は誇りあるドラゴニア星第三部隊隊長、ドラードだ》

〈ぶ、部隊長⁉〉

メルルさんはドラゴニア星人……ドラードの言葉に目を見開く。

「あ、あの……メルルさん？　俺にはよく分からないんですが、部隊長ってすごいんですか？」

〈……はい。この間の襲撃でやって来たのは、ドラゴニア星人の末端……いわゆる下級兵士たちです。ですが、部隊長は元々武闘派として知られるドラゴニア星人の中でも、様々な能力が高くなければ就くことのできない役職なんです〉

「な、なるほど……」

〈それに、こうして部隊長直々にやって来たということは、他の兵士たちの練度も戦闘力もこの間の兵たちよりはるかに高いでしょう〉

「そこまで⁉　で、でも、メルルさんが使っていたあの武装を使えば……」

〈宇宙船の修理で余ったエネルギーの結晶を使って、バトルモードも無事に使えるようにはなりました。ですが……部隊長が相手では、数秒ももたないでしょうね……〉

どんだけ強いの、部隊長⁉　その上、この数の敵船団を相手にとか……勝てる気がしないよ⁉

「ど、どうにかして逃げたりは……」

〈……それも無理なようです……。この空間は奴《やつ》らが展開した亜空間……つまり、地球とは隔離された場所になります。この空間を出るには、空間を展開したであろう奴らの船を落とさなければなりません。規模を考えるに、この空間を展開している船は、部隊長の乗っている一番大きな旗艦でしょう。……他の住人への被害や情報操作を気にしなくていいという点は助かりますが、この状況下ではどうしようもないですね……〉

本当に八方ふさがりみたいだ。

しかも、なんでこれまた俺の家まで巻き込まれてるの……。

幸いナイトたちもこの場にいて、空に浮かんでいる宇宙船を相手に唸《うな》っている。……ナイトはオーマさんと同じだけの戦闘力になる可能性がある種族だって聞いてるけど、今の段階だと大きさに差がありすぎてとてもそうは思えない。

どこか現実逃避気味にそんなことを考えていると、ユティが訊《き》いてくる。

「確認。ユウヤ、あれは敵ってことで大丈夫？」

「ああ。メルルさんの敵、ドラゴニア星人の連中らしいけど……この空間もアイツらの仕業で、どうやら地球から隔離されたみたいだ」

「納得。だからおかしな空間。でも、倒せる？　私の矢でも、あの船に傷を与えられる自信はない」

あのユティですら宇宙船団を前に弱気な様子を見せた。

なんせメルルさんが宇宙船を修理する様子や、他の技術的な部分を目《ま》の当たりにしたからこそなおさらだ。多少傷つけた程度では、あの星の守護者のように修復されてしまいそうである。ナノマシンについては、メルルさんが使っているのを見たり、俺の家を直してくれたことを考えると便利だと思っていたが、敵に使われると厄介極まりない。

するとメルルさんは腕の端末を操作した。

その瞬間、メルルさんの宇宙船から半透明なシャボン玉のようなものが出現した。その膜はどんどん大きくなり、最終的に俺の家をすっぽりと包み込んだ。

「メルルさん、これって……」

〈……私の船の防衛機構をユウヤさんの家全体に広げました。あの星のエネルギーのおか

げで何とかカバーできましたが、長時間はもたないでしょう。ですが、少しの間であれば、家を気にせずに戦えるはずです〉

「な、なるほど……」

メルルさんの言葉に頷《うなず》いていると、ホログラムのドラードは鼻で笑った。

《フン。小癪《こしゃく》な……そのような小細工で、どこまでもつかな？》

〈貴方たちに、設計図は渡しません〉

《……ならば、あの世で後悔するといい》

「ッ！　ユウヤ！」

ドラードの雰囲気が変わった瞬間、ユティが鋭く叫んだ。

すると、空に漂っていた宇宙船の砲身部分に、次々とエネルギーが集中していくのが見える。これ……どうみても一斉攻撃される予兆だよね⁉

「くっ！　【昇竜穿《しょうりゅうせん》】！」

俺はすぐさま【絶槍《ぜっそう》】を取り出し、さらに【魔装《まそう》】と『邪《じゃ》』の力も展開したうえで、『槍聖《そうせい》』の技を放った。

次の瞬間、その技は『槍聖』が使っていたときよりもはるかに巨大な竜となって、宇宙船団に向かって放たれた！

「うおっ⁉」

俺が予想していた以上の攻撃が放たれたことについ驚いてしまうが……これがアルジェーナさんの言ってた【聖邪開闢《せいじゃかいびゃく》】の力か⁉

『聖王威《せいおうい》』をまだ使っていないにもかかわらず、【昇竜穿】による攻撃は、『聖《せい》』を示す白い光と、『邪』を示す黒い光が混じり合い、巨大な竜へと変貌していた。

《なっ⁉》

そんな俺の技を前に、ホログラム上のドラードは驚きの表情を浮かべている。俺の技はそのまま宇宙船の何機かを呑《の》みこんだ。

「流石《さすが》。ユウヤ、強い。でも、私も強くなった」

ユティは俺の方に視線を向けながらも、弓はしっかりと宇宙船に向けられている。

「────【死彗星《しすいせい》】」

『弓聖《きゅうせい》』直伝の技が、以前戦ったとき以上の威力で放たれる。一条の光となった矢は宇宙船へと突き進み、宇宙船の装甲を容易《たやす》く貫いた。

その一撃はちょうど宇宙船の心臓部に直撃したようで、巨大な船が爆発しながら墜落していく。

「ユティ、今の攻撃って……」

「当然。狙った」

「……さすが」

ユティは最近、俺と修行をあまりしなくなった。

というのも、ユティが言うには、もうすでに俺との間に隔絶した差ができたからとのことだが、今の一撃を見ると、とてもそうは思えない。恐らく俺のいないところで修行していたのだろう。俺も頑張らないと……。

「グルル……ガアアアアア！」

「ふご！　ぶひ」

ナイトは俺と同じように【魔装】を展開しながら、一瞬にして一機の宇宙船へと肉迫する。そして、魔力の纏《まと》った爪を振るうと、その宇宙船が簡単に切り裂かれた！

……つい疑ってたけど、やっぱりナイトにはオーマさんと同等の戦闘力になる潜在能力があるのかもしれない。

アカツキは、巨大化して宇宙船の群れに突撃し、激しく動き回っては宇宙船を叩《たた》き落としていた。

「ぴ。ぴいいいい！」

シエルはアヴィスとの戦闘のときのように、青色の炎を纏うと、そのまま宇宙船に突撃しては一機ずつ破壊していく。

シエルに関してはまだまだ謎な部分が多いが、心配はなさそうだ。

《なんだ、あの生物は⁉　それにあのエネルギーは一体……》

そんなシエルを見て、ドラードは驚きの声を上げているが、どうやらシエルは宇宙人から見ても特殊な存在なようだ。

《くっ！　何をしている！　早くアイツらを狙え！》

いきなり何機も宇宙船が落とされたことで、さすがに危機感を抱いたのか、ドラードは指示を飛ばしている。

だが――――。

〈当たりませんよ〉

メルルさんは当然のように宙に浮かび上がると、そのままバトルモードへと変化した左腕を掲げ、敵の宇宙船目掛けてビームを放った。

やはりその一撃は強力で、何機もの宇宙船が巻き込まれて爆発していく。

〈確かに攻撃の威力は貴方《あなた》たちの方が上でしょう。ですが、そんな巨体で我々を狙えると

でも？〉

《ぐっ……ならば、直接叩けばいいだけだ！　我が第三部隊よ！　お前らの力を連中に教えてやれ！》

次の瞬間、この間の襲撃と同じように、ドラゴニア星人の兵士たちが一斉に宇宙船から降りてくると、そのまま俺たち目掛けて攻撃を仕掛けてきた。

その数はすさまじく、軽く千を超える兵士たちが俺たちに群がり始める。

「ちょっ……この数はさすがに……！」

〈確かに多いですが、おかげで相手はビーム兵器が使えません〉

メルルさんの言う通り、ドラゴニア星人の兵士たちが降りてくると、途端に宇宙船からの攻撃は止《や》んだ。味方を巻き込まないためだろう。

「これだったら……【万槍穿《ばんそうせん》】！」

相手の数が多いので、それらに対応すべく、俺も手数の多い技を積極的に放っていく。

幸い、個人レベルでそこまで強い兵士はいないので、今のところ相手にできているが、全く数が減った気がしない。

何故《なぜ》なのか疑問に思っていると、メルルさんが何かに気付いたように叫んだ。

〈これは……しまった！　生体兵器ですか！〉

「生体兵器!?　それって……」

〈いわゆるクローン技術による兵器です！　奴らは宇宙船の中でクローン兵を生成し、それを私たちにぶつけてきているんです！〉

「ええ!?　そ、そんなことが可能なんですか!?」

〈ええ。クローン技術はドラゴニア星人の得意とするところですから。ただ、この状況を見る限り、質より量をとっているようです。事実、一人一人はドラゴニアの精鋭とは程遠い戦闘力ですから。クローン兵を生み出すのにもエネルギーを使用するので、戦力は無限ではないでしょうが、あとどれくらいこの状況が続くのか分からないですね……〉

「宇宙だとこんな戦い方が普通なんですか!?」

〈普通ではありません！　確かにこの場で使い捨てる兵士として考えるのであれば、ただ生み出して襲わせる命令を下すだけで済むので非常に簡単に数は揃《そろ》えられます。ですが……エネルギーは有限ですし、それを考えると何故こんな作戦を――〉

メルルさんはそこまで言いかけると、不意にこの部隊を率いているドラードの乗る旗艦に目を向けた。

〈まさか……!?　不味《まず》いッ！〉

「え!?」

〈奴らは味方を巻き込まないために砲撃しないのではなく、時間稼ぎのために砲撃をしなかったんです！〉

俺も旗艦に目を向けると、そこにはひと際巨大な砲身に、エネルギーを溜《た》めつつある船の姿が見えた。

〈あのエネルギー砲は……ダメです。どう頑張っても私の展開したバリアでは防げません！〉

それはつまり、メルルさんの宇宙船が、そして俺の家が無事では済まない攻撃が放たれることを意味していた。

すると、上空にホログラムが再び映し出される。そこには勝ち誇った表情のドラードの姿が。

《ハハハハハ！　バカめ！　貴様ら下等生物のために、直接手を下すわけがなかろう？　この場で塵《ちり》となって消えるがいい》

〈い、いいのですか!?　貴方たちは我々の設計図を求めていたのでは!?　ここでそんな攻撃を放てば、設計図も消えるのですよ!?〉

《――――その設計図が何に収められているか、我々が知らぬとでも？》

〈くっ！〉

確か、メルルさんたちの求めていた設計図は、宇宙で最も硬いと言われている【コスモニウム】とやらの石箱に入っているはずだ。ドラードやメルルさんの様子を見るに、今から放たれる攻撃では破壊されないほど頑丈なんだろう。

何とかしてあの旗艦の攻撃を止めたいが、俺たちに群がる生体兵器が邪魔をして、先に進めない。これがドラードの狙いだったのだ。

《ハハハハハ！　さあ、全員我らがドラゴニアの叡智《えいち》たる轟竜砲《ごうりゅうほう》で消し飛ぶがいい！》

高笑いするドラードの一言で、ついにその攻撃は放たれた！

圧縮されたエネルギーは超巨大で、近くにいたクローンの兵士たちをも一瞬で呑み込んでいく。

そんな圧倒的な攻撃を前にして、俺は必死にそれを防ぐための手段を考えるが……何も思い浮かばない。

俺やユティたちは全力で回避さえすれば、助かるかもしれない。

だが、その場に残っている俺の家は違う。メルルさんの展開してくれていたバリアでも、この攻撃を防ぐことはできないだろう。

このまま本当に消し飛ばされてしまうのか？

何か、本当に手はないのか⁉

必死に頭を働かせる俺は……とあるアイテムの存在を思い出した。

それを使えば確かにこの攻撃を防げる可能性はある。

しかし、俺自身とても信じられないようなアイテムなのだ。

それでも、これの他に、俺には何も思いつくことができない。

俺は一つ決心すると、そのアイテムを取り出した！

「驚愕《きょうがく》。ユウヤ、それ――」

「わふ」

「ふご」

「ぴ？」

〈ユウヤさん⁉〉

その場にいた全員は、俺が取り出したアイテムを目にして瞠目《どうもく》する。

だが、今、それに答えている時間はない。

俺は祈るようにそのアイテムを使用した。

「吸い込んでくれ……【暴食の掃除機】……！」

取り出した【暴食の掃除機】を起動させると、それはそれは静かな駆動音が微《かす》かに流れる。

しかし、それに対して掃除機の吸引力はすさまじく、轟々《ごうごう》と唸《うな》りながら迫りくるエネルギー砲に真正面からぶつかった。

そして――――。

「うおおおお……おおおおおおおお⁉」

なんと、掃除機は本当に相手のビームを吸い込み始めた！

ビームに対してどう見ても小さい、見た目は普通のコードレスクリーナー。

だが、相手のビームに一切の引けを取ることなく、ぐんぐん吸引していく。

こ、これが……吸引力の変わらない、ただ一つの掃除機……！

《な、なんだとおおおおお⁉　な、何が起こっているというのだ⁉　我らドラゴニア星人の技術の粋が詰まった、轟竜砲が防がれるなど……！》

目の前の光景が信じられないドラードは、ホログラム上で取り乱したように叫んでいるが、エネルギー砲はどんどん掃除機へと吸い込まれていき、ついには放たれたビームのすべてを吸い終えてしまった。

あまりにも意味不明な状況に、ドラードだけでなく、ユティたちも固まっている。

何なら俺も固まってる。

まさか……本当にエネルギーまで吸い込めるなんて……！

「そ、掃除機すごい……」

《そ、掃除機……？　掃除機に負けたのか⁉　我らの技術の結晶は、辺境の星のゴミ取りに負けたと⁉》

「そ、そうみたいですね」

《――――ふざけるなあああああああああああ！》

ドラードの咆哮《ほうこう》が響き渡ると、旗艦の一部が開き、そこから一人の人影が姿を現した。

それは、まさに先ほどまでホログラムで俺たちを見下していた、ドラード本人そのものだった。

〈――――ここまでコケにされたのは初めてだ〉

ドラードは俺たちに迫りながら、勢いよく右腕を横に掲げる。すると、そこからビーム状の槍《やり》が展開される。

お、俺としてはコケにしたつもりはまったくなく、ただ家を守るのに必死だっただけな

のだが……相手からしてみればそうは見えなかったのだろう。

冷や汗を流す俺を前に、ドラードは一目見ただけでその技量が窺《うかが》える槍捌《やりさば》きを見せ、俺たちに突き付けた。

〈貴様らなど、我らのクローン兵程度で殺せると思っていたが……予想以上にあがいてくれる。先ほどの轟竜砲も大型宇宙船程度なら軽く消し飛ばせるはずだったのだが……もういい。確実に殺すためにも、貴様らはこの俺自ら殺してやろう〉

「っ⁉」

そう言うドラードから放たれる殺気はすさまじく、先ほどのエネルギー砲なんかとは比べ物にならないほどの力を噴出させる。その力は青色のドラゴンのような形となって、ドラードを包み込む。青いドラゴンのオーラを纏《まと》ったドラードは、とうとう俺たちに襲い掛かってきた。

〈さあ――――死ね！〉

そして、ドラードは神速の一撃を放ってくるのだった。

＊＊＊

優夜がドラードたちと戦っている頃、優夜の家で寝ていたオーマは片目を開く。

『……ん？　来客か？』

それは異世界側の賢者の家に誰かが来たことを察したからだったが、本来対応すべき優夜たちはドラゴニア星人たちと戦っている。

『まったく……宇宙とやらには面倒な連中が多くいるのだな』

オーマは欠伸《あくび》をしつつ、一つ伸びをすると、のそりと起き上がる。

そのとき、優夜がドラゴニア星人の放った轟竜砲の一撃を防いだことを、家の中から察知した。

『……フン。今の一撃は我が防いでやってもよかったが……自分で対処できたのであればよかろう。それよりも……面白いことになってきたな？』

オーマは異世界側に誰が来たのかを、彼らの気配から察知し、ニヤリと笑う。

『そうだな……たまに手を貸してやらねば、ユウヤにまた創世竜《そうせいりゅう》だということを忘れられるかもしれん。ここらで我の有難《ありがた》みを理解してもらうとするか……』

そう言いつつ、【異世界への扉】がある物置部屋へと向かうのだった。

＊＊＊

「ユウヤ様！　来たわよ！」

時を同じくして、異世界側ではレクシアたちが優夜の家を訪れていた。

レクシアたちは何度か優夜の家に来ていたため、見慣れた景色ではあるはずだったが、優夜の家から先の【大魔境《だいまきょう》】が綺麗《きれい》に消し飛んでいる様子に、ルナは唖然《あぜん》としている。

「わ、私の目がおかしくなったのか？　以前はあんな更地ではなかったはずだが……」

そんなルナの肩を、イリスが優しくたたいた。

「ルナちゃんはおかしくないわ。ルナちゃんも知ってる『邪《じゃ》』の究極完全態……アヴィスの一撃でここから先の【大魔境】が更地になっちゃったのよ」

「一撃で⁉　で、ですが、何故《なぜ》この家は無事なのですか？」

「さあ？　私たちも未《いま》だに分からないのよねぇ……」

《ああ。あの一撃を防げる者など、それこそ創世竜の他に思い浮かばん。だが、あの竜は我らに手を貸すことはしないはずだ。となると、ますますこの家が無事である理由が思い浮かばん》

イリスもウサギも、優夜の家が異世界でも有名な賢者の持ち家だったことは知らないため、未だにアヴィスの攻撃を防げた理由が分からないでいた。

そんな中、この中で唯一この場所に初めて来た舞《まい》が、呆然《ぼうぜん》としながら周囲を見渡している。

「あ、アイツ、こんな危険な場所に住んでるの……？　てか、私、一撃で森を更地にできるようなヤツと戦おうとしてたわけ……？」

ここに来るまでに、何度か魔物の群れに襲われたものの、イリスやウサギによって難なく対処されてきた。

だが、その魔物たちはどう見ても舞が敵うような相手ではなく、その上、イリスたちの会話の内容から察するに、この場所で本来は舞が戦う予定だった『邪』との戦闘が行われたことを察し、その戦いの規模の大きさを想像して唖然としていたのだ。

運よくアヴィスと遭遇したことのない舞は、ここで初めて敵の強大さを知ったのだった。

するると、真っ先に優夜の家の前まで駆け寄っていたレクシアが、首を傾《かし》げる。

「おかしいわね……ユウヤ様の反応がないわ」

「留守なんじゃないか？　何の約束もなく、無理矢理来たようなもんだしな」

「そんなあ！」

ルナの言葉にガッカリするレクシア。

ただ、ルナの言うことはもっともで、留守の可能性が高かった。

しかし、この場合の留守は、レクシアたちの住む世界側に出かけているから留守なのか、それともレクシアたちにとっての異世界……地球に帰っているから留守なのかによっても大きく変わった。

せっかく家まで来たものの、本人がいないのであればどうしようもないため、仕方なく帰ろうとしたところ、不意に声がかけられた。

『――ちょうどいいところに来たな、小娘ども』

「え⁉」

レクシアたちが振り向くと、そこにはニヤリと笑うオーマがいるのだった。

＊＊＊

〈――ハアッ！〉

「くっ⁉」

俺はドラードの一撃を【絶槍《ぜっそう》】で防ぐが……お、重い！

たまらず吹き飛ばされる俺に対し、ドラードはつまらなさそうに口を開いた。

〈フン。少しは期待していたが……所詮はこの程度か〉

「びぃいいいいい！」

すると『どこ見てんだテメェ！』と言わんばかりにシエルがドラードに突撃するが、ドラードはシエルを一瞥《いちべつ》すると、軽く腕を振るった。

　その瞬間、シエルの周囲に不思議なケージが出現し、そのままシエルを閉じ込めてしまった。

「シエル⁉」

「ぴ⁉　ぴぃ！」

　シエルはケージを壊そうと、すぐさま体に青い炎を纏い、ケージ目掛けて突っ込むが――。

「ぴぃ⁉」

　なんと、シエルがケージに突撃する直前、何らかの力が働き、引っ張られるようにケージの中央へと引き戻されてしまう。

　それから何度もケージから出ようと動き回るシエルだったが、やはりケージにたどり着けず、必ず中央に戻される。

「ぴぃ⁉　ぴぃ！」

〈無駄だ。それは万有引力を利用した檻《おり》になっている。中に入ったが最後、中からは決して壊せん。先ほどの戦いを見ていたが……貴様の力は初めて見るものだったのでな。この

まま持ち帰り、その能力を存分に研究させてもらう〉

「な……⁉　シエルッ！」

シエルを助けるべく、俺が檻の方へと駆け出すも、その先にドラードが回り込んだ。

〈この俺を前にして、仲間を助けられると思うなよ？〉

「そこをどけえええええええ！」

俺はすべてのリミッターを解除し、『聖王威《せいおうい》』も『邪』の力も【魔装《まそう》】も解放した。

〈なっ⁉　貴様、まだ力を隠していたか……！〉

一刻も早くシエルを助けるため、様々な『聖《せい》』の技術を駆使し、ドラードに攻撃を仕掛ける。ドラードは俺の攻撃を何とか凌《しの》いでいるものの、体に少なくない傷を負っていった。

〈くぅ……！　これほどとは……！〉

「援護。ユウヤ、手助けする！」

〈私もいますよ！〉

「ガルルル……グオオオオ！」

さらに俺に合わせ、ユティたちも一斉に攻撃を始めるが、ドラードは気力を振り絞るように叫び、ユティたちの攻撃を防いでいく。

〈ぬあああああああああああ！〉

攻撃を防がれたユティたちは、思わず言葉をこぼす。

「驚愕《きょうがく》……あれを防ぐの⁉」

〈これがドラゴニア星の部隊長クラス……！〉

〈この程度では……俺は止められん……！〉

「ならこれはどうだ⁉」

荒い息を吐くドラードに対し、俺は【絶槍】を【全剣《ぜんけん》】に持ち替え、イリスさん直伝の技を放つ！

「【天聖斬《てんせいざん》】！」

正真正銘、全力全開のその一撃は、空高く眩《まばゆ》い光の斬撃となって、ドラードへと振り下ろされた。

だが――――。

〈ぐっ……ドラゴニアを舐《な》めるなあああああああ！〉

ドラードが腕をクロスさせると、そこに障壁のようなものが出現し、真正面から俺の攻撃を受け止めた！

そしてついに、俺の全力の一撃を防ぎきってしまった。

「そんな……くっ！」

〈……どうやら、今のが全力のようだな〉

さすがのドラードも無傷というわけにはいかず、満身創痍《まんしんそうい》ではあったものの、俺が『聖王威』の反動ですさまじい疲労感に襲われて膝をつく中、ドラードはしっかりと立ってぃた。

しかも上空にはまだ宇宙船がいくつも浮かんでおり、その中にはドラゴニア星人たちがたくさん残っている。

〈さあ、ドラゴニアの精鋭たちよ！　蹂躙《じゅうりん》を開始せよ！〉

《うおおおおおおおおおおお！》

すると、そんなドラードの背後に、ドラゴニア星人の軍団が駆け寄ってくるのが見えた。

「苦境。あの数はさすがに……」

「わふぅ」

恐らくあれは今まで相手にしてきたクローンの兵士ではなく、本物の鍛え抜かれた兵士たちなのだろう。

〈勝負あったな。では、この生物は貰《もら》って行くぞ〉

「ま、待て……！」

「ぴ⁉　ぴぃ！」

必死に体を動かし、シエルを助けに向かおうとするも、『聖王威』の反動で思うように体が動かない。

それどころか、このままでは俺たちはドラードではなく、あの兵士たちに殺されてしまうだろう。

こちらには援軍もなく、もはやここまでか――――そう思った瞬間だった。

『扉の通過許可が求められています。許可しますか？』

「扉の……通過許可？」

いきなり目の前に現れたメッセージを、俺は呆然としながら読む。

「は、はい」

そして、どういうことなのかサッパリ分からないまま、俺は反射的に頷《うなず》いた。

すると――――。

「――――【天聖斬《てんせいざん》】！」

《────【烈風脚《れっぷうきゃく》】》

〈ん？　──なっ⁉〉

突如、二つの斬撃がドラゴニア星人の軍団に襲い掛かった。

それは、俺のよく知る声と共に放たれたものだった。

思わず俺は声の方に視線を向け、呆然《ぼうぜん》とする。

何故《なぜ》なら……。

「ど、どうして……どうしてここに師匠たちが⁉」

「──来ちゃった！」

《──その体たらくはなんだ？　ユウヤ》

なんと、この場にイリスさんとウサギ師匠が現れたのだ！

まさか、あの扉の許可って……イリスさんたちのことだったのか⁉

とはいえ、扉があるのは賢者さんの家の中だ。普通は見つけることもできないはずだが
……。

「どうしてここに⁉」

「可愛《かわい》い弟子が困ってるんだもの。助けに来るのは当然でしょう？」

《はぁ……ソイツの話は無視しろ。俺たちがここに来られたのは、創世竜が招き入れてく

れたからだ》

「え、オーマさんが？」

思わず視線を家に向けると、玄関でいつも通り寝ころんでいるオーマさんの姿があった。

そんなオーマさんは俺の視線に気付くと、片目だけ開け、ニヤリと笑う。

〈なっ⁉〉

「え？」

オーマさんの手助けに感動していると、ドラードの何やら焦《あせ》った声が聞こえたので再び視線を戻す。すると、何とシエルが囚《とら》われていたケージが、宙に浮いてこちらに飛んできた！

俺はそれを慌ててキャッチする。

するとケージに、目を凝らさないと見えないような細い糸が巻き付いていることに気付いた。これって……。

『剣聖《けんせい》』や『蹴聖《しゅうせい》』に比べれば頼りないが、私もいるぞ」

「ルナ！」

「ユウヤ様！　私！　私もいるから！」

「ええ⁉　れ、レクシアさんも⁉」

次々と現れる異世界組の面々に、俺は驚きを隠せない。

そして最後には、何とも言えない表情を浮かべた神楽坂《かぐらざか》さんが周囲を見渡していた。

「ちょっと……ここ、本当に日本？　日本どころか地球ですらないみたいだけど……」

「えっと……その……」

神楽坂さんの言葉に何と答えればいいのか迷っていると、俺の隣にまで移動してきたウサギ師匠が口を開いた。

《話は後だ。あそこにいる連中は――――お前の敵か？》

「は、はい！」

俺の答えを聞くと、ウサギ師匠は獰猛《どうもう》な笑みを浮かべる。あ、あの、師匠？　どう見ても草食動物がしないような笑みになってますけど……？

《フッ……ちょうどいい。お前のおかげで、俺たち『聖』は力を持て余すところだった。だが、お前の敵というのであれば、ここで借りを返そう。存分に俺を使え》

「ユウヤ君、私も同じよ？　貴方《あなた》の敵なら、師匠である私の敵でもあるわ。一緒に戦いましょう」

「ウサギ師匠、イリスさん……」

ようやく動けるまでに回復した俺は、気力を振り絞って立ち上がると、シエルを捕らえていた檻を壊す。

「シエルはオーマさんたちのところにいてくれ！」

「ぴ⁉　ぴぃ！」

シエルを安全な場所まで下げようとすると、シエルは猛反対してくるが、奴《やつ》らがシエルを狙っていることが分かった以上、戦わせることはできない。

俺はシエルを抱き上げ、レクシアさんたちの下に行くと、レクシアさんにシエルを預けた。

「レクシアさん、シエルを預かっていてもらえますか？」

「ええ、いいわ。でも……ユウヤ様は大丈夫なの？」

レクシアさんの心配はもっともだろう。さっきまで身動きが取れないほど疲れていたのだ。

でも、もう大丈夫。なんたって、心強い味方が来てくれたのだから。

シエルをレクシアさんに預けると、俺は改めてドラードたちと対峙《たいじ》した。

「ウサギ師匠、イリスさん！　力を貸してください」

《――いいだろう！》

「――ええ！」

二人は返事をすると同時に駆け出すと、一気にドラゴニア星人の兵士たちの群れに飛び込んだ！

〈くっ！　たかが二、三人増えたところで何ができる！　奴らを殺せ！〉

《うおおおおおおお！》

敵の兵士たちも雄たけびを上げ、ウサギ師匠たちを目掛けて殺到するが、二人の表情に焦りはない。

《何を言ってるのかは知らんが、舐められたものだ》

「そうね。『邪』でもない連中に、負けるわけにはいかないわ」

イリスさんは剣を低く構えると、そのまま勢いよく斬り上げる。

「――――【天旋《てんせん》】！」

斬撃による竜巻が引き起こされると、それはドラゴニア星の兵士たちを巻き込み、次々と切り刻んでいった。

《【破蹴閃《はしゅうせん》】！》

ウサギ師匠は限界まで足を体に引き寄せ、一気に解放する。

その瞬間、ウサギ師匠の足から極限まで圧縮された一撃が放たれ、ウサギ師匠を呑《の》み込まんばかりに殺到していたドラゴニア星人たちを一気に貫いた。

しかも、その技の余波は周囲の兵士たちだけでなく、宙に浮いていた宇宙船までも貫いていく。

そんなウサギ師匠たちの活躍を見て、初めて異世界組を見たメルルさんは、呆然と呟《つぶや》いた。

〈す、すごい……あの屈強なドラゴニア星人たちを、あんなに簡単に……〉

「ま、まああの二人は特別ですからね」

すると、メルルさんと同じく異世界組の実力を初めて目の当たりにしたドラードは、目を見開いていた。

〈バカな……バカな……⁉　こいつら、何者だというのだ⁉〉

「――――お前の相手は俺だ……！」

〈ぬぅ⁉〉

ひとまず他のドラゴニア星人たちをウサギ師匠たちやメルルさんたちに任せ、俺はドラードへと斬りかかる。

すぐさまドラードは俺の【天聖斬《てんせいざん》】を受け止めた時のように腕をクロスさせ、障壁らしきものを展開して【全剣《ぜんけん》】を受け止めようとしたが、その障壁は【全剣】によって簡単に切り裂かれた。

〈な、なにぃ⁉〉

そうか……よく考えれば、『聖《せい》』は本来『邪』に対抗するための力で、この武器には元々賢者さんから受け継いだ規格外の力が備わってるんだ……！

【天聖斬】は『聖』の力によって生み出した光の剣身で相手を攻撃するのに対し、今の俺は賢者さんの何でも斬れるという【全剣】本来の力を使っている。

そのため、普通に受け止めたドラードの障壁は、そのまま切り裂かれたのだ。

しかし、ドラードはそのまま腕を真っ二つにされるといったところですぐさま距離をとった。

〈何だ……何だその武器は⁉　さっきは確かに貴様のその武器による攻撃を防いだはずだ！　だが何故弱っている貴様の攻撃が……⁉〉

ドラードにとっては混乱せざるを得ない状況だろう。

威力だけで見れば、『聖王威《せいおうい》』による身体的な強化もないため、明らかに弱くなっているのだ。俺自身も疲れ果て、さっきほどの力は出せていない。

だが、賢者さんの武器はそれ以上の力を持っているのだ。

俺は改めて、この武器たちを遺してくれた賢者さんに感謝しつつ、【全剣】を構える。

「お前はここで、倒させてもらうぞ」

〈下等生物の分際で生意気な……！　貴様らの住む地球も、エイメル星の殲滅兵器も！　すべて！　我らドラゴニア星のものとなるのだあああ！〉

ドラードは叫びながら突撃し、手にした槍《やり》を突き出す。

だが、その攻撃に最初の頃のような精彩さはない。

「【螺旋斬《らせんざん》】！　【無双乱舞《むそうらんぶ》】！　【薄明斬《はくめいざん》】！」

そんなドラードに対し、俺はいつぞやのイリスさんが料理する際に放っていた『剣聖』の技をすべて放った。

しかし、その攻撃すらもドラードは捌《さば》ききり、反撃してくる。

〈負けぬ……ドラゴニア星の部隊長であるこの俺が！　負けるわけないのだあああああ！〉

「――――俺も負けないよ」

〈なっ⁉〉

俺はドラードへ攻撃している最中《さなか》、一瞬で【全剣】を【絶槍《ぜっそう》】へと持ち替えた。

ドラードは今まで俺の剣による攻撃に対応していたため、一瞬で切り替わった槍の攻撃にすぐに対応できない。

その隙を、俺は決して逃さなかった。

「っ⁉」

次の瞬間、俺の体に不思議なことが起きた。

もはや『聖王威』を使う力も残っておらず、気力だけで戦っていた俺だったが、突然『聖王威』と同じ金色のオーラが体から溢《あふ》れ出てきたのだ。

しかもそれだけではない。

そして……金色のオーラと同時に、初めて見る銀色のオーラをも俺は纏《まと》っていた。

こ、この力は一体……金色の力は『聖』の力だと分かる。『聖王威』を発動したとき以上に純粋な『聖』の力をこの金色のオーラから感じ取っていた。そしてこの銀の力は……『邪』に似てる……？　それも、クロやアヴィス以上に純粋な『邪』の力……そうか、これは、憎しみだけの表面的な『邪』の力ではなく、この世に必要な、純粋な『邪』の力なんだ……。

いきなりのことに戸惑う俺だったが、ふとアルジェーナさんから授かった【聖邪開闢《せいじゃかいびゃく》】のことが頭をよぎった。まさか……これが……【聖邪開闢】の本当の力――――？

〈なんだ、その力は……どこにそんな力が……⁉〉

「っ！　うおおおおおおおお！」

このチャンスを逃さず、俺は渾身《こんしん》の一撃をドラードへと放った。

ドラードは何とかしてその攻撃を防ごうと試みるが、賢者さんの武器である【絶槍】はすべてを貫き、そのままドラードをも貫いた。

〈かはっ……〉

ドラードは人間とは違う、青色の血らしきものを吐きだした。

〈バカ、な……この俺が、負ける――〉

そのまま倒れ伏すと、一瞬、周囲が静まり返った。

そして――。

〈た、隊長が倒された……！〉

〈う、うわあああああ！〉

〈ひ、退《ひ》けえええええ！　すぐに本艦に報告を……！〉

〈隊長を回収しろ！　亜空間を解除してすぐに撤退するぞおおおお！〉

ドラゴニア星人たちは、慌てながら次々と宇宙船へ逃げ込み、そのまま飛んで行く。

すべての宇宙船がこの謎の空間から消えると、それと同時に空間自体も歪《ゆが》み、元の地球へと戻ったのだった。

エピローグ

　ドラゴニア星人たちを退けた俺たち。あの謎の空間が解除された直後、すぐにいつも通りの見慣れた街並みへと戻ったため、俺たちは慌てて家の中へと戻った。

　幸い俺の家の近くに人はそこまでいなかったので、特に騒ぎにはならなかったが、いきなり人が現れただけでも驚きだというのに、そこに、剣を持ってる人や、明らかにお姫様っぽい格好をしている人がいれば、誰だって驚くだろう。

　そんなわけで、騒ぎになる前に俺の家へと引き返したわけだが……全員興味津々《きょうみしんしん》といった様子で俺の家を見渡していた。

　そこで俺は、一つ一つ疑問を聞いていくことにした。

「あ、あの……どうして俺の家に来たんですか？」

「……ごめん、私のせいよ」

「え？　神楽坂《かぐらざか》さんの？」

　すると、予想外の人物から答えがあり、目を見開くと、神楽坂さんはどこか気まずそうに告げる。

「その……アンタが私と同じ世界の住人だって、レクシアたちに言っちゃったのよ。それで、冒険者ギルドで耳にした惚《ほ》れ薬？　の素材を探しに向かった【天山】っていう森で、たまたまイリスさんたちと出会って、そこでもまたアンタが私と同じ世界の人間だって話したの。そしたら皆《みんな》でアンタに話を聞きに行こうってなって……」

「な、なるほど……」

確かに言われてみれば、俺のことを神楽坂さんに訊《き》けば、一発で異世界人だってことが分かったわけだ。

俺自身も神楽坂さんに黙ってるように頼んだわけでもないし、バレるのも時間の問題だったのだろう。

ひとまず全員がこの場にいる理由が分かったところで、俺は神楽坂さんの言葉の中にあった気になるものに触れた。

「それにしても……惚れ薬なんてものもあるのか……」

「私も驚いたわ。しかもそれ、アンタに――――」

「「ああああああああああああ！」」

「⁉」

神楽坂さんが何かを言いかけた瞬間、レクシアさんとイリスさんが目にもとまらぬスピードで神楽坂さんの口元を押さえた。な、何だ？

「ま、舞《まい》？　それは言っちゃダメよ⁉」

「そ、そうよ！『剣聖《けんせい》』として……いえ、師匠としての沽券《こけん》にかかわるから！」

「で、でも――――」

「でもも何もないの！　いい⁉　これは王女命令だからね⁉」

「ここで強権⁉　わ、分かったわよ……」

どうやら話は終わったようで、どこかぐったりとした神楽坂さんと、乾いた笑みを浮かべるレクシアさんたち。

「あの……一体何だったんです？」

「な、何でもないわ！　ユウヤ様には関係ないことだから！」

「はぁ……」

本当に関係ないんだろうか。神楽坂さん、一瞬アンタって言いかけてた気がしたが……。

しかし、二人の様子を見るに、答えてくれそうにないのでこれ以上は追及しないことにした。

すると、イリスさんが話題を変えた。

「…………ユウヤ君って本当に異世界人だったのね？」

「え？　あ、はい。そうですね。その、黙っててすみません……」

「それは別にいいのよ！　私たちもレガル国で聖女や勇者召喚の話を聞くまで、異世界なんておとぎ話に出てくるものだと思ってたくらいなんだから！」

《確かにな。事実、先ほど一瞬だけ外の世界が見れたが、俺たちの知る世界とはまるで違った。ただ、ユウヤ。お前が特殊なのはこの世界でも変わらないように思えるが……》

「そ、そうですか？」

「そうね。ざっと周囲の気配を探ってみたけど、ユウヤ君ほど強い気配を放つ人はいなかったし」

どうやら家に入るまでのほんの一瞬の間にそこまで分かったらしい。すごいな、二人とも……。

ウサギ師匠はしばらく家の中を見渡していたが、不意に立ち上がった。

《さて……色々訊きたいことはあるが、ひとまず今日は帰るとしよう》

「え？」

「あら？　もう帰るの？」

イリスさんも不思議そうにウサギ師匠を見ていたが、ウサギ師匠は顔をしかめた。

《何自分は関係ないといった顔をしている。貴様らも帰るんだ》
「「ええ!?　ど、どうして!?」」
ウサギ師匠の言葉に、イリスさんとレクシアさんが声を上げる。
だが、ウサギ師匠の態度は変わらなかった。
《どうしてもこうしてもあるか。少なくともユウヤの様子を見るに、多少の休養が必要だ。そんなことも分からんのか？》
「……確かに、私たちが着いたとき、ユウヤは満身創痍《まんしんそうい》でしたからね」
ルナもウサギ師匠の言葉に頷《うなず》くと、レクシアさんもイリスさんも言葉に詰まった。
それでもどこか不満げな二人に対し、ウサギ師匠はため息を吐《つ》いた。
《はぁ……別に今生《こんじょう》の別れでもあるまい。どの道、今回のことを含め、説明してもらうわけだからな。ユウヤも構わんな？》
「え、ええ。大丈夫です」
《だ、そうだ。いい加減帰るぞ》
「「うぅ……はーい」」
レクシアさんとイリスさんは揃《そろ》って同じような反応をし、そのまま扉のある物置部屋へ向かおうとする。

俺も後に続いて皆を見送ろうとした瞬間、今まで黙って話を聞いていたメルルさんが声を上げた。

〈あ、あの……！〉

「メルルさん？」

残念ながらメルルさんの言葉は俺にしか理解できていなかったが、ウサギ師匠たちも気になる人物の一人が声を上げたことで、皆立ち止まる。

すると、メルルさんは、言葉が通じない中、こう告げた。

〈私たちを……私たちの星を、助けてください！〉

それは、俺だけでなく、この場にいる全員に向けられた言葉だった。

あとがき

この作品をお手に取っていただき、ありがとうございます。

作者の美紅《みく》です。

毎回同じことを言っているような気もしますが、早いものでもう8巻となります。

これも作品を読んでくださっている読者の皆様のおかげです。

ありがとうございます。

昨年から続くこの大変な状況の中で、本作が皆様にとって楽しみの一つとなっておりましたら幸いです。

さて、今回のお話ですが、ついにオーマが地球で家の外を散歩することができました。

ただ、普通の散歩で済むはずもなく、地球でもオーマはその力を存分に発揮します。

他にも、本格的に宇宙人が攻めてきたり、その技術力に圧倒されたり……。

佳織《かおり》の妹も登場し、色々と盛り込まれた巻になったかと思います。

現実世界で様々なことが起こる中、異世界ではウサギたちが優夜《ゆうや》の家に押し掛けて来たり、優夜がメルルの宇宙船の動力源となるエネルギーを探しに星の核まで冒険したり……と、相変わらず大忙しです。

そして、オーマに続いてウサギやイリス、レクシアたちといった異世界の面々もまた、今巻で全員、地球へとやって来ました。正確にはまだちゃんと地球に来たとは言えませんが……。

今回のお話も、私自身どうなるのか全く分からないまま書き進めていましたが、こうして無事に完成したので、ほっとしています。

ただ、次の巻をどうするかまた頭を悩ませることになりそうですが……。

メルルたち宇宙人の技術も改めて読み返してみると、滅茶苦茶《めちゃくちゃ》だなぁと思いつつ、実際これくらいなんでもできそうだなと思ったり。

次の巻をどうするか毎度のごとく何も考えていない私ですが、今巻でまた色々とお話を膨らませていけそうな要素が多く出せたかなと思います。

次はレクシアたちが地球をちゃんと観光したり、現実世界のお話をメインにしてみても面白いかもしれませんね。

それもこれも、書き始めてみないと、どうなるか分かりませんが。

次の巻がどうなるのか、私と一緒に楽しみにしていただけると幸いです。
さて、今回もお世話になりました担当編集者様。
毎回素晴らしいイラストで、作品を華やかにしてくださっている桑島《くわしま》黎音《れいん》様。
そして、この本を楽しんでいただいた読者の皆様に、心より感謝を申し上げます。
誠にありがとうございました。
それでは、また。

美紅

お便りはこちらまで

〒一〇二-八一七七
ファンタジア文庫編集部気付
美紅（様）宛
桑島黎音（様）宛

富士見ファンタジア文庫

異世界《いせかい》でチート能力《スキル》を手《て》にした俺《おれ》は、
現実世界《げんじつせかい》をも無双《むそう》する8
～レベルアップは人生《じんせい》を変《か》えた～

令和3年5月20日　初版発行
令和5年8月10日　14版発行

著者――美紅《みく》

発行者――山下直久
発　行――株式会社KADOKAWA
〒102-8177
東京都千代田区富士見2-13-3
0570-002-301（ナビダイヤル）
印刷所――株式会社KADOKAWA
製本所――株式会社KADOKAWA

ISBN978-4-04-073918-2 C0193　◆◇◇

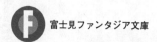

最強不敗の神剣使い
The Invincible Undefeated Divine Sword Master
リヒト
名門貴族・エスターク家の"忌み子"。周囲から無能と蔑まれ、家門を追放されるが……その身には、絶対無双の"天賦の才"が宿されている
アリアローゼ
ラトクルス王国の王女。正体を隠して旅していたところ、流浪の旅へと出立したリヒトと出会う。その胸には、とある崇高な志が秘められている
Ryosuke Hata
羽田遼亮
ill.えいひ
シリーズ好

その男、
アード
元・最強の《魔王》さま。その強さ故に孤独となってしまった。只の村人に転生し、友だちを求めることになるのだが……?
ジニー
いじめられっ子のサキュバス。救世主のように助けてくれたアードのことを慕い、彼のハーレムを作ると宣言して!?
イリーナ
正義感あふれるエルフの少女(ちょっと負けず嫌い)。友達一号のアードを、いつも子犬のように追いかけている
神話に名を刻む史上最強の大魔王、ヴァルヴァトス。
王としての人生をやり尽くした彼は、平凡な人生に憧れ、
数千年後、村人・アードへと転生するのだが……
魔法の力が劣化した現代では、手加減しても、アードは規格外極まる存在で!? 噂は広まり、 嫁にしてほしいと言い寄ってくる女、次代の王へと担ぎ上げようとする王族、果ては命を狙う元配下が学園に押し掛けてくるのだが、
そんな連中を一蹴し、大魔王は己の道を邁進する……!

ファンタジア文庫

辺境都市の育成者

the mentor in a frontier city

レベッカ

王国貴族の子女だったものの、政略結婚に反発し、家を飛び出して冒険者となった少女。最初こそ順調だったものの、現在は伸び悩んでいる。そんな折、辺境都市の廃教会で育成者と出会い——!?

STORY

「僕の名前はハル。育成者をしてるんだ。助言はいるかな?」

　辺境都市の外れにある廃教会で暮らす温和な青年・ハル。だが、彼こそが大陸中に名が響く教え子たちを育てた伝説の『育成者』だった!　彼が次の指導をすることになったのは、伸び悩む中堅冒険者・レベッカ。彼女自身も諦めた彼女の秘めた才能を、『育成者』のハルがみるみるうちに開花させ——!「君には素晴らしい才能がある。それを磨かないのは余りにも惜しい」　レベッカの固定観念を破壊する、優しくも驚異的な指導。一流になっていく彼女を切っ掛けに、大陸全土とハルの最強の弟子たちを巻き込んだ新たなる『育成者』伝説が始まる!

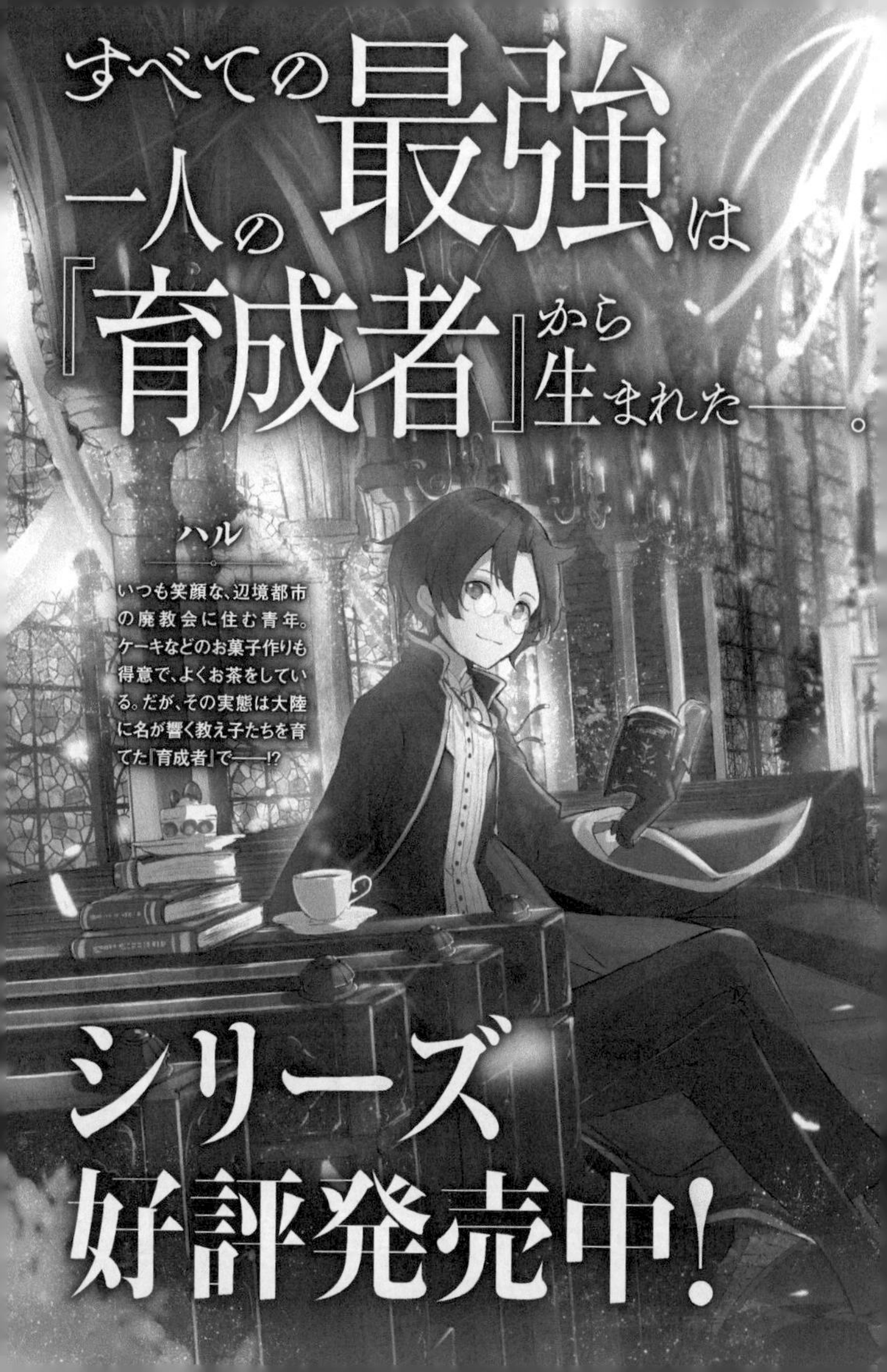
すべての最強は一人の『育成者』から生まれた――。
ハル
いつも笑顔な、辺境都市の廃教会に住む青年。ケーキなどのお菓子作りも得意で、よくお茶をしている。だが、その実態は大陸に名が響く教え子たちを育てた『育成者』で――!?
シリーズ好評発売中！

切り拓け！キミだけの王道
ファンタジア大賞
原稿募集中！
賞金
《大賞》300万円
《金賞》50万円
《銀賞》30万円
選考委員
細音啓「キミと僕の最後の戦場、あるいは世界が始まる聖戦」
橘公司「デート・ア・ライブ」
羊太郎「ロクでなし魔術講師と禁忌教典《アカシックレコード》」
ファンタジア文庫編集長
前期締切 8月末日
後期締切 2月末日
公式サイトはこちら！ https://www.fantasiataisho.com/
イラスト／つなこ、猫鍋蒼、三嶋くろね